JN075688
VILLAIN SCION
SAINT
悪役御曹司の勘違い聖者生活
～二度目の人生はやりたい放題したいだけなのに～

ついてこい、アリスとマシロ！
俺が歩む道こそ覇道だ！

パシャ
パシャパシャ
パシャッ
パシャ
パシャ
オウガ様、
アリスは幸せです……！
わー
オウガくん、
カッコいいよ！

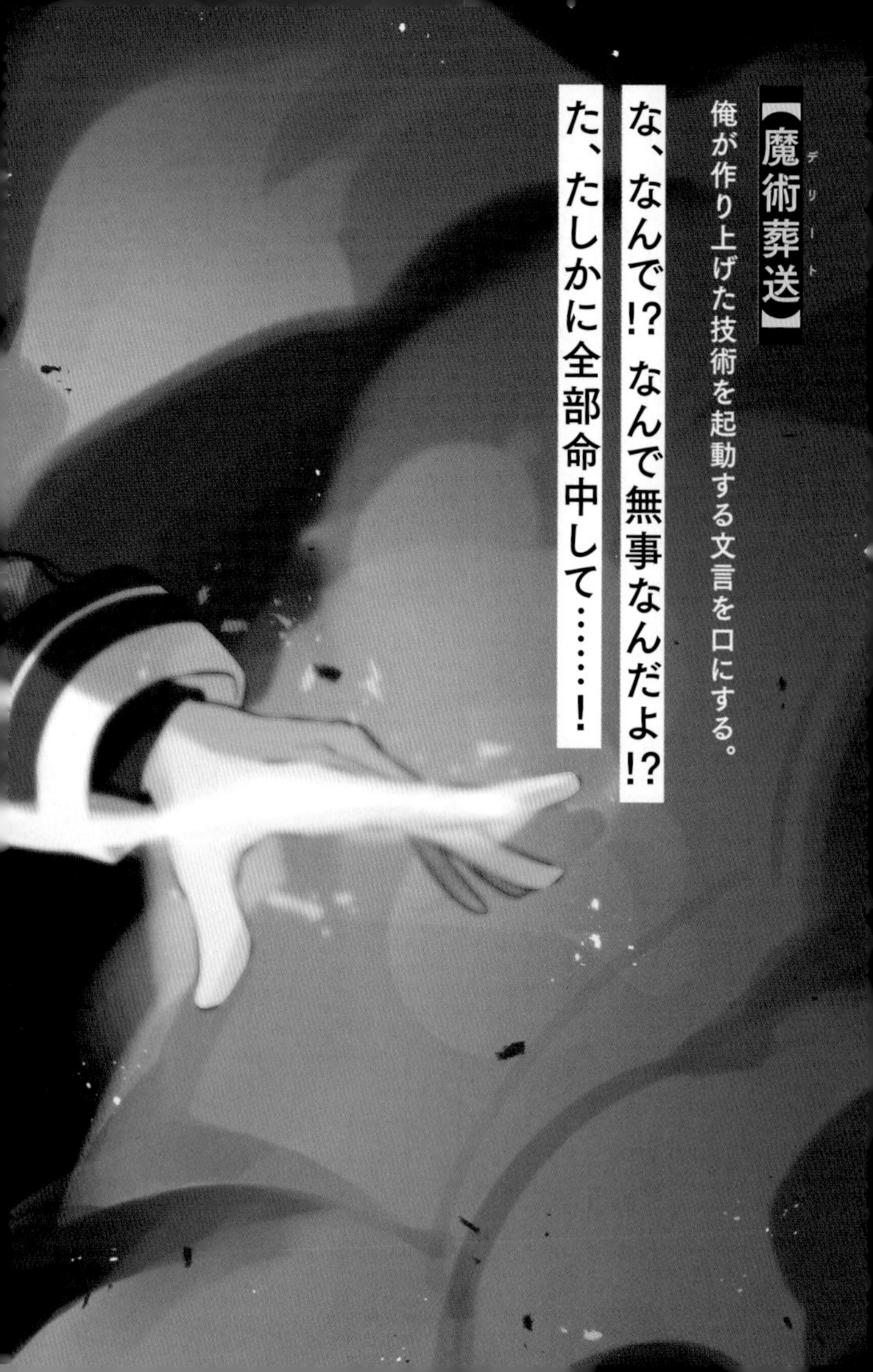

【魔術葬送(デリート)】

俺が作り上げた技術を起動する文言を口にする。

な、なんで!? なんで無事なんだよ!?

た、たしかに全部命中して……!

ああ、当たったさ。
でも、俺には通用しない。それだけが事実だ

Character
アリス
元聖騎士団総隊長。現在はオウガのメイド兼護衛。オウガに心酔している。特技は戦闘。
マシロ・リーチェ
王立リッシュバーグ魔法学院の一年生。複数魔法適性者。平民出身。オウガに好意を抱く。特技は耳かき。

Character
カレン・レベツェンカ
王立リッシュバーグ魔法学院の一年生。四大公爵家の一角。オウガの幼なじみであり、王太子の婚約者。
レイナ・ミルフォンティ
王立リッシュバーグ魔法学院の生徒会長。学院長の弟子。底知れないオウガを警戒。特技は紅茶を淹れること。

Character
オウガ・ヴェレット
現代日本から悪徳領主の息子に転生し、王立魔法学院に通う。四大公爵家・ヴェレット家の長男。魔法適性を持たないものの、強靭な肉体を持つ。特技は努力。

悪役御曹司の勘違い聖者生活

VILLAIN SCION / SAINT

～二度目の人生はやりたい放題したいだけなのに～

Story
木の芽

Illustration
へりがる

◆プロローグ◆ 自由な悪を求めて

王歴アンバルド15年☽月×日

事故に巻き込まれて死んだ俺は魔法の世界に転生した。

オウガ・ヴェレットという名を授かって、はや五年。

新しい人生目標はすでに決めている。

それは好き放題できる生活を送ること！

思い返せば前世はいい人を演じ続けた結果、残ったのは苦い思い出ばかり。

告白しても『異性として見れない』と断られ、ようやくできた恋人と愛を育もうと思ったら大学進学と共に寝取られた。

せっかく異世界に生まれ直したのだから、あんな思いは二度としたくない。

そんな目標を胸に生きる俺が生まれたのはヴェレット公爵家という国の外交、諜報（ちょうほう）を担当しているすごい家でお金に困る心配はない。

長男に生まれた俺は将来的に家業を継ぐことになるだろう。

すでに英才教育を叩きこまれているわけだが、努力は全く嫌ではない。若い頃に頑張った分、未来の俺に結果として返ってくる。

両親も初の子供に甘々で、望んだ教本、家庭教師がすぐに用意される環境も最高だ。

このまま領主ルートを突き進んで、今世は好き勝手にやりたい放題して生きる！

可愛い女の子を侍らせて、奴隷たちをこき使い、その利益を吸い取る。

美味いものをたらふく食べて、好きな時に睡眠し、ダラダラとする素晴らしい人生設計。

クックック……！　あぁ、将来が楽しみだなぁ！

王歴アンバルド15年％月＆日

悲報。我が家が悪徳領主と呼ばれている件について。

毎日勉強熱心な俺を見て、父上が自らもう一歩踏み込んだ貴族情勢について教鞭を執ってくれた。

そして、知ったヴェレット公爵家の立ち位置。

父上は愚者としてわざと見下されるように悪政を敷いていると見せかけているらしい。こうすることでターゲットの心に油断を作り出すのが目的なんだとか。

つまり、後継者の俺も父上の政治の流れを引き継がねばならない。

そこで俺は「悪役」について学ぶことを決めた。

気の赴くままに行動し、気に入らない出来事が起きればかんしゃくを起こす神経のずぶとさ。

ふんぞり返って、人をこき使う。周囲の評判など気にせず、自分こそが世界の中心だと思っている。


悪徳領主を演じるために「悪役」を学ぶのだが……これが意外と俺の目的とマッチしていた。

だって、悪徳領主こそやりたい放題な生活を送る人生の理想じゃないか！

という感じで、各地の物語を取り寄せて「悪役」と呼ばれる登場人物たちの模倣をすればいいと軽く考えていた。しかし、感情移入を続けることで「悪役」への考え方が変わったのだ。

バカにしていた「悪役」にも矜持がある。

理解者なき道だとしても屈せず、信念に従って生きる姿を格好いいと思った。

そんな彼らを見習って俺も目標を修正しよう。

【やりたい放題自由気ままな生活を送る】という信念に沿って生きる【格好いい悪役】になる。

俺は今日から胸に刻んだ信念に従って、中途半端な真似はしないと決意したのであった。

王歴アンバルド15年▼月▼日

この世界には四大公爵家と呼ばれる王家の次に権力を持つ四つの貴族がある。

ヴェレット家もその一つで、公爵家とその血族たちだけが集められたパーティーが開かれた。

建前上は仲良く協力しようと取り繕っているが、裏では他家を蹴落とそうと腹の探り合いが行われている。

関係性を把握したかったので話を聞いていたかったのだが、子供の俺は参加できず……。

退屈している中で庭を散策していると、複数の男に囲まれて泣いている少女と出会った。

信念を持って行動するようになってから、俺は弱い者いじめをする格好悪い悪意を嫌うようになっていた。

なので、怪我しない程度にあしらってやった。

これで終わり……と思っていたのだが、少女はどうも俺に懐いたみたいだ。

名前はカレン・レベツェンカ。同じ四大公爵家であるレベツェンカ家の一人娘らしい。

レベツェンカ家と言えば前時代的な考えを持っており、あまりいい噂も聞かない。

例えば家督は男が継がねばならないとか、力なき者には人権など存在しないとか……。

カレンが引っ込み思案な性格もそのあたりが関係しているのだろうか。

なんにせよ、せっかくできた縁だ。仲良くしていこうじゃないか。

ひな鳥みたいに手をつないでついてくるカレンはとても可愛い。

それに可愛(かわい)い幼なじみとの日常に憧れていたんだよな！

このまま仲良くなって、自然と恋仲になって、結婚しちゃったりして……ぐへへ。

……おっといけない。だらしない顔を引き締めねば……！

王歴アンバルド15年♣月$日

カレンの父親から彼女との接触禁止を手紙で言い渡された。

王歴アンバルド15年♣月▽日

人の上に立つために必要な要素は力だ。

部下たちの不平不満を全て上から抑えつける圧倒的な暴力があれば、反論されることもなくなる。

この世界においてわかりやすく力を示せるのは魔法だろう。

そして、俺には——魔法の適性がなかったっ……!!

だ。

火、水、風、土、雷、光。

適性検査の結果、どれにも適していないらしい。

この事実が判明すると同時にあれだけ我が家に遊びに来ていたカレンの訪問がピタリとやんだ。

……で、先日、レベッツェンカ家から直々に手紙が届いたわけだ。こうして冷静でいられるのも、俺以上に父上が激怒してくれたおかげだったりする。

なんにせよ貴族社会において魔法が使えないのはとてつもないハンデだ。

これで【やりたい放題自由気ままな生活を送る】という目標も終わり……で怠惰に落ちるのは一般人の思考。

しかし、今世の俺は天才だった。

適性はないが、魔力量は膨大にある事実も判明したのだ。

ならば、俺が使える魔法を編み出してしまえばいいだけの話。力を付ければ、どんな問題だって解決できる。

剣技、体術に関しても家庭教師を招くことも父上に相談の上で決定した。

今は伏す時。素晴らしい未来のために牙を磨き上げるのだ。

王歴アンバルド20年☀月■日

ついに完成した！　俺だけが使える魔法！

正確には魔法と言っていいのかわからないが、とにかく完成させた事実が大切なのだ。

ずっと仮説を立てては実験を繰り返したかいがあったというもの。

やはり今世の俺は天才みたいだな。

これで魔法を使えなくとも魔法使いに対抗できるようになった。

お披露目はもちろんまだしない。

俺が見つけ、俺が作り上げた唯一の技術をそう簡単に使いはしないさ。

父上と母上に相談したら、それがいいと太鼓判を押してくれたしな。

それと同時に魔法学院に行って、さらに研鑽（けんさん）を積みなさいと新たな道も示してもらった。

話を聞けばどうやら優秀な人材が様々な地域から集まるらしい。

将来、好き放題したい俺としてはコネを作り上げる絶好の場というわけだ。

しばらくは勉強漬けになるが問題なし。さぁ、気合いを入れなおそうじゃないか！

王歴アンバルド25年☂月◎日

ついにこの日が来た。

俺の前世の頃から続く夢への第一歩が今日から始まる。

夢──それは自由気ままに、やりたい放題して生きること。

悪徳領主と呼ばれようが、私欲まみれと糾弾されようが知ったことじゃない。

十五になったことで実家を離れて魔法学院での寮生活が始まる。

そのためヴェレット家では目利きを鍛える訓練として、誰でもいいので一人、学院生活をサポートする人材を連れていけるのだ。

俺はそいつを学院生活だけではなく、一生涯こき使うつもりでいた。

つまり、優秀なだけではダメだ。俺とのつながりを失うと人生が詰んでしまう。辞めたくても辞められない。

そんな崖っぷちな状況の人材を選ぶ必要がある。

そして、すでに選別は終えていた。

【元聖騎士団総隊長】クリス・ラグニカ。

平民から聖騎士団のトップまで上り詰めるほど正義心に満ち溢れていた彼女は貴族の人身売買について王へ直訴したが、貴族によって偽りの罪をでっちあげられて聖騎士団から追放。

それだけにおさまらず、財まで取り押さえられた。

今は王都の肥溜めとも呼ばれる街・ウォシュアの闘技場で小銭稼ぎをして、その日暮らしをしている。

彼女に期待しているのは護衛。もちろん俺だけでも事足りるのだが、念には念を。

聖騎士団の総隊長をしていた実力なら十分すぎる。

あれだけ正義に飢えていた彼女なら「俺の隣で輝いてくれ」的なことを言ったら、簡単に堕ちてくれるはず。

残念ながらクリスの正義は俺にたてつく反乱分子を裁くために使われるんだけどな。

ふっ……こうして文字として書くと改めて感じる。

いよいよ明日から始まるのだ。

【悪役】としての、俺の第二の人生が！

◆Stage1-1◆　Re：【悪役】として始める学院生活

人生の勝ち組とは誰を指すのか？

それは『人を使う立場にいる人間』のことだ。

そして、俺は間違いなく勝ち組側の人間。

公爵家の長男として生まれ、国内随一の教育を受けて、一月後から王立リッシュバーグ魔法学院に通うのは決定事項。

当然、家の名に恥じない成績を叩き出しての入学だ。

俺の憧れとは、絶対なる巨悪である。

勇者などの正義では断じてない。

どうして短い自分の人生を他人のために使わなければならないのか。

好きなことをして好きなように生きる。誰にも邪魔させない。

そんな人類と敵対している魔王のような人生を送りたい。

「今日も俺は完璧だ」

姿見鏡に映る整った自分の服装は満足すぎるほどキマっていた。

最後に部屋に飾ってある掛け軸に目を向ける。

俺の達筆で記されているのは悪の三箇条。
一、己の信念を曲げずに生きる。
二、己の魅力を磨く努力は怠らない。
三、己の人生の未来は誰にも決めさせるな。
これらは俺が格好いいと思えた悪の人間の生き様に共通する三つの項目だ。

シチュエーションにあわせて信念を曲げて生きる奴は恥ずかしい。

魅力なき者には誰もついてこない。

俺の人生は俺だけのもの。誰にも我が覇道は譲らない。

喋り方も、物事に対する考え方もずいぶんと前世に比べて矯正した。

これもひとえに『前世と違って好きなことをやり放題して生きる』という信念を胸に抱いていたから。

そして、今日は俺の素晴らしい人生の記念すべき一日目となるだろう。

「お待たせいたしました、父上」

「よい、我が息子よ。勉学に励んでいたのは知っている。己を磨き続けるのは大切だ」

「ありがとうございます」

礼を言う俺を見て、気分良さそうに髭を撫でるのは父親のゴードン・ヴェレット。

厳つい顔つきで厳格な雰囲気を漂わせ一見キツそうに見えるが、家族思いの良き親だ。むしろ親バカと言っても過言ではない。

俺がやりたいと望めばどんな習い事であろうと一流の教師を用意してくれた。

最高の環境を整えてくれる最高の父親。

「さて、用件を手短に話そう。来年からオウガはリッシュバーグに通う。リッシュバーグでは寮生活が義務づけられているのは知っているな？」

「もちろんです。出来る限りの時間を魔法の鍛錬に注ぐため、ですよね？」

「そうだ。そして、寮には一人だけ世話役を連れていける。その一人をオウガ、一ヶ月の間に自分で選びなさい」

「俺が選んだ人物なら本当に誰でもいいのですか？」

「もちろん。これは使える人材を見分けるための訓練でもある。うちで働いているメイドでもいいし、奴隷がいいなら買ってくるといい。とにかくお前が学院生活のサポートを任せられると思った者を連れてきなさい」

この言葉を待っていた。

自身で金を出さずに、一人優秀な部下を手に入れられる機会。

ここで選ぶ人物は寮生活中だけではなく、一生俺の下で働いてもらうつもりでいる。

それはつまり、俺の悪行に加担させられるということだ。

ただ使える奴を選ぶなら奴隷商にでも行って知能が高い奴を買えばいい。

だが、それではつまらない。俺は見てみたいのだ。

正義の心を持つ者が悪に堕ちていく様を。

前から思っていた。物語の勇者は騙されても騙されても善き心を失わない。

だが、ずっと悪に触れ合い続けたなら。悪行に関わってしまったなら、どうなるのだろうか。

くくっ……きっと足搔き苦しむのだろう。俺はそんな生き様を隣で眺めてみたいのだ。

「それならばすでに目をつけている人物がいます」

「ほう……さすがだな。どんな者を連れてくるのか、楽しみにしておこう」

ニヤリと悪どい笑みを浮かべる父上。

「それでは父上。失礼します」

礼をして退室した俺はすぐに身なりを整えて、街へと繰り出す。

「くくく……ふははは……！」

これから俺の時代が始まる。

俺の素晴らしき人生がな。

「迎えに行こうじゃないか。一人目の共犯者を」

◇◇◇◇◇

王都の端の端。王都から隔絶されていると言っても過言ではない汚れた街・ウォシュア。

クスリ、人身売買、賭け試合。

この世で最も嫌悪する物が集まった街。

だけど、王都の闇が凝縮されたこの街の地下闘技場に私はいた。

「やれー!!　殺せー!!」

「そこだ！　刺せ！　叩き斬れ!!」

モラルの欠片もないヤジが頭上を飛び交う。

目の前には身長2メートルはある男。

角の生えたヘルメット。巨大な斧。分厚い鉄の鎧。

この試合における私の対戦相手だ。

「連勝中だか知らねぇが、あまり調子に乗るなよ小娘」

鼻息荒い男は私が勝つまで闘技場のランキングトップだった。

女である私に抜かれたのが気に食わないのであろう。

この対戦カードも向こうが強制的に組んだものだ。

「……御託はいい。さっさとかかってこい」

ブチリと血管が切れた音が聞こえた気がした。

あっさりと挑発に乗った男の力任せの薙ぎ払い。

怒りに身を任せた愚かな攻撃だ。

今までも力だけで全て押し通してきたのだろう。

技術を持たない相手にはそれでも通用したかもしれない。

だが、私は違う。

「――【刀線狂い】」

「……あ？」

敵に振りかざした力は必ず返ってくる。

斧を避けた後、さらに勢いをつけさせるため腕を押してやる。

すると、制御できなくなった斧はいとも簡単に男の腕を断ち切った。

「がぁぁぁっ⁉」

「……最後は静かに逝け」

「んぐぉ⁉　ぉぉ……ぉぉ……」

痛みに苦しむ男の口をふさぐように剣を突き刺す。

剣先が喉を突き破り、床を血が染める。

愛剣についた血を払って鞘に納めて、興奮冷めやらぬ闘技場を出ると、入り口に支配人が立っていた。

「おい、クリス。お前にお客様だ」

「……そんな予定は入ってなかったが」

「いいからついてこい！　じゃないと、ここを出禁にするぞ！」

「……わかった」

乱暴な物言い。でも、私は従う他ない。

かつての栄光も、身分も失った私が暮らすにはここで毎日殺し合い、剣を血で染めるしかないのだ。

皮肉なものだな。

憎く、大嫌いな悪が今の私を生かしているのだから。

支配人の後に続くと、ＶＩＰ専用ルームへと通された。

成金丸出しの目に優しくない装飾がされた部屋。その中央にある革椅子に座っていたのは

……。

「……子供？」

「クリス！　言葉遣いに気をつけろ！」

「構わない。この程度で気を悪くなんてしないさ。それよりも支配人、彼女と二人にさせてく

れないか？」

「え、ええ、もちろんです！　あっ、誰も近寄らせませんのでお気になさらず好きなだけしてやってください、へへ……それでは……」

支配人は私の背中を押すと、そそくさと部屋から出ていく。

……奴のあんなへりくだった態度、見たことがない。

この少年はそんなにも位の高い身分にあるのだろうか。

彼へと視線を向けると、呆れ気味にため息をついていた。

「バカが。こんなところでおっぱじめるわけがないだろうが」

「それはどういうことだろうか？」

「あの男は俺が女欲しさにあなたを買いに来たと勘違いしたんだ、元聖騎士団総隊長クリス・ラグニカ」

「……⁉」

懐かしい呼び名に思わず驚いてしまう。

その役目を果たしていたのも、もう数年前だというのによく知っている。

少年は私に着席するように促すと、深く椅子へと腰かけた。

「俺はオウガ・ヴェレット。ヴェレット公爵家の長男だ」

「なっ⁉　本当か⁉」

「ああ。証拠に家紋が刻まれた短剣もある」

そう言って彼が見せるのは間違いなく記憶にあるヴェレット家を示す紋章が刻まれた短剣。

貴族の家紋を騙るのは重罪だ。こんな子供がおいそれと模倣品を使うわけがない。

それにヴェレット家の関係者なら私の居場所を見つけられたのも納得できた。

あそこは諜報に長けており、主に外交を担当している。

その諜報力を使えば、私くらいの人間なら簡単に見つけられるだろう。

もっとも落ちぶれた女に使うバカはそういないだろうが。

「……で、そのヴェレット家が私に何の用だ？　悪いが、応えるつもりはないぞ。私はお前ら貴族が大嫌いだ。理由は言わなくともわかるだろう？」

「もちろん。あなたを処断し、聖騎士団から追放したのは貴族たちだからな」

「そうだ。悪事を隠し、私腹を肥やしていた腐った貴族どもだ！」

私は聖騎士団の長を務める者として、悪を断罪してきた。

それが市民たちにとっての幸せと平和につながると信じていたからだ。

活動を続けるうちに人身売買が行われていることに気がついた私は証拠を集め、現場を取り押さえるとすぐに貴族を捕らえるように王に進言した。

王は間違った選択をしない。

これでまた一つ、国から悪が消え去ると信じていたのに……！

追い出されたのは私だった。

証拠の数々は隠匿され、人身売買の現場は人員の貸し出しということにされ、すべてのつじつま合わせとして私は虚偽報告をした罪人に仕立て上げられたのだ。

聖騎士の地位をはく奪され、住む場所を失った私が流れ着いたのは闘技場というわけだ。

正義のために磨いてきた剣術を悪の繁栄のために、己の食い扶持を稼ぐためだけに使う日々のなんたる屈辱的なことか……！

そうしなければ生きていけない。情けなさが私の心をむしばんでいく。

「その話は調べて俺も知っている。だが、あの時ヴェレット家当主……父は近隣国へ赴いていた。父がいればあなたはこんなところにはいなかっただろう」

「ふん、だからどうした？　慰めか？　もう遅いんだ。今の私はただのバカなクリスなのだから……」

「……正直、失望したぞ、クリス」

……なに？

今こいつは何と言った……？　失望した、だと……？

握りしめた拳をテーブルにたたきつけて、彼をにらみつける。

しかし、彼は一切目をそらさず、テーブルが割れて木片が散っているというのに微動だにしない。

それどころか溜息を重ねていた。

「力を感情に任せて振るっている。聖騎士としての矜持はどこにいった？」

「……うるさいっ！　私は、もう聖騎士じゃ」

「――俺は聖騎士だったあなたが好きだった」

「――――」

「仲間を励まし、魔王軍にくじけず、決してうつむかなかったクリス・ラグニカを尊敬していたんだ」

「……あぁ……あぁっ……やめてくれ……」

そんな眩しい言葉で私を語らないでくれ。

君が語るのは過去の私なんだ。もうあきらめて、捨てた私なんだ。

みじめな今の自分を言い聞かせるために、過去に置いてきたんだよ。

「もう……戻れないんだ……！　私は、クリス・ラグニカは死んだんだよ……！」

「なら、あなたはまだやり直せる」

「えっ……」

「死んだのなら、いやすべてを捨てたからこそ、もう一度ここから始めるんだ」

彼の温かい手が私の頬に添えられる。

うつむいていた顔は上へと、彼へと向けられた。

「ついて来い。あなたの正義が輝ける場所を俺が切り拓いてやる」

涙がポロポロと頰を伝う。

止まらない。私の中の汚れを外へと流しだすように。

情けなく、みじめなのに、泣くのをやめてくれないのだ。

それを彼はそっと指で拭うと、私の両手を包み込む。

「隣であの輝きをもう一度見せてくれ。俺の騎士、クリス・ラグニカ」

その瞬間、私の命は芽吹く。心臓が歓喜に震える。

本能で理解した。私が仕えるのは国ではなく、この方だったのだと。

「――私の剣をあなたのために振るうことを誓います、オウガ様」

――目的は成った。あのクリス・ラグニカが俺に忠誠を誓っている。

そして、これはオウガ・ヴェレットとして初めて外で成し遂げた任務。自らの手で明るい未来をたぐり寄せた実感を覚え、思わず握りしめる拳に力が入った。

「それではオウガ様。準備をしてきますので少々お待ちいただけますか」

「必要なものは全てこちらで揃える。気にしなくていい」

「いいえ、私の実力を知ってもらうためにも、待っていただければと」

なるほど。確かに扱う武器の練度で実力が測れるという話を聞いたことがある。

クリスも武器を俺のもとへと持ってきて、それを試すのかもしれない。

正直、武器の良し悪しはあまりわからないが彼女ほどの実力者が扱う代物だ。

いい剣ばかりに決まっている。

「わかった。だが、長居するつもりはない。手短に済ませてくれ」

「承知いたしました」

そう言って、彼女は部屋を出ていく。

足音が聞こえなくなったのを確認すると、大きく背もたれに倒れこんだ。

「……ふっ。ふははっ」

すべてうまくいった！

これで彼女は俺の一生の僕となる。

正義？　存分に発揮して見せたらいいさ。

だが、味方と信じていた隣にいる男が最大の悪とわかった時、クリスはどんな顔をするのだろうか。

想像するだけで……ククッ、愉悦だ。

クリスを引き抜く理由はそれだけじゃない。この賭けが行われている闘技場はまだまだ成長する。

その胴元になれば利益も莫大な金額になるだろう。

現ナンバーワンで八百長にうるさい彼女がいなくなれば支配人もやりやすくなるだろう。

その将来的な契約も含めて、支配人と話をつけてクリスの値段を交渉すれば終わり。

あぁ、やはり天才……！

女神が悪の大王になれと後押ししてるに違いないな、これは！

隠しきれない高笑いを堪えて、クリスが戻ってくるのを待つ。

待つ。待つ。……待つ。

「……えらく時間がかかっているな？」

迷っているのか？

ぶっちゃけ彼女を雇うのは決定事項なので、どんな武器でも問題ないんだが……まぁ、いい。

こちらから迎えに行くとしよう。

今の俺は気分がいいからな。

そう思って扉の取っ手に手をかけると、ガチャリと反対側の扉が開いた。

「お待たせしました、オウガ様。……待たせすぎてしまいましたでしょうか？」

「いや、そんなことはない。それよりも確かめさせてもらおうか、クリスの実力を」

「かしこまりました。では、ついてきてください」

なんだ。手ぶらだと思ったら持ってこなかったのか。

それだけ大きな武器なのかもしれないな。大きさはわかりやすく力を示せて都合いいし。

俺はクリスの後に続く。彼女が立ち止まったのは、今ごろ試合で盛り上がっているであろう闘技場の前だった。

「……ここなのか？」

「ええ。粛清が終わりましたので、ぜひご覧ください」

……粛清？

俺が疑問を口にする前にクリスが扉を開けた。

視界に飛び込んできたのは、積み上がった死体の数々。選手だけにとどまらず、観客も山に加わっている。

そのてっぺんには先ほどまで俺と談笑していた支配人の姿もあった。

「ク、クリス。これは……？」

……あれ⁉　もしかして全員死んでる⁉

「はい。さっそく私の正義と実力を見ていただきたく思いまして実行いたしました」

行動力……‼

いたしました、じゃねぇよ⁉

俺はこいつらを利用して甘い汁を吸いたかったの！

全滅なんかさせたら意味ないじゃん……。

そのくせなんだ、褒めてくださいと言わんばかりの期待がこもった眼差しは。

「……クリス」

「はい！」

……本当は褒めたくない。褒めたくないが……。

「よくやってくれた」

「……っ！　ありがとうございます！」

満開の笑顔を咲かせるクリス。イメージと違って表情がコロコロ変わるが、わかりやすいのでまぁいい。

今回の件と彼女がこれから俺にもたらすメリットを天秤にかければ圧倒的に後者が勝つ。

なんか無条件で俺を信頼してくれそうだし、嘘情報握らせれば俺に敵対する組織なんかを簡単につぶしてくれそうだ。

俺は天才なんだ。きっとうまく彼女を扱えるさ。

「いいか、クリス。俺は現状で満足していない。もっと大きいところを狙っていく」

そうだ。こんなすたれた街の小さな地下闘技場くらい惜しくない。

もっと大きな規模の……それこそ奴隷市場なんかいいかもな。

とにかく一闘技場ごときで一喜一憂しないほどの力をつける。

「そのために君を手に入れた。言いたいことはわかるな？」

「もちろんでございます」

クリスは汚れを一切気にせず、床に片膝をついて頭を垂れる。

「私の力はオウガ様のもの。私の成果もオウガ様のものでございます」

そう言って、誓いを立てるクリス。

わかっているならいいんだ。

ちゃんと俺の栄光のために働いてくれよ。

「では、帰ろうか。君を父上にも紹介したい。他にも色々と手続きがあるからな」

クリスは表向き罪人となっているので、そのままの名前で雇うことはできない。

ヴェレット家の評判に傷がつく。

だが、その辺りの工作は俺たちにとっては十八番だ。

彼女の新しい戸籍など簡単に偽装できる。

「クリス。新しい名前になにか希望はあるかい？」

薄汚い道を歩きながら、一歩後ろを歩く彼女に問う。

「オウガ様が授けてくださるならば、なんでも構いません」

そういうのが全国のお母さまを怒らせるんだぞ、クリスくん。

俺にもネーミングセンスはないので困るのだが……。

「なら、慣習に従ってこうしよう。父上は自分の子に男なら『ガ』。女なら『ア』を付ける。そして、君の名前をもじって、アリス。うん、アリスでどうだろう？」

金色の髪にもピッタリだ。なかなかいいのではないだろうか。

ちょっとドヤりながら、アリスの反応を窺う。

「……あ、ありがとうございます……！」

泣いてる……⁉　顔を涙でくしゃくしゃにして泣いている……⁉

なにか変なこと言ったか⁉

別に『アリス』はこの世界で笑われる名前でもないし……。

グスリと泣き出すアリスに慌てながらも、とりあえずハンカチを渡す。

数秒顔をうずめ、涙をぬぐうと、すでに麗人と呼ばれるアリスに戻っていた。

「オウガ様。それでは、改めて誓いを」

アリスは数分前と同じ姿勢を取り、新たに授けた名前にて誓いを捧げる。

「私──アリスの全てをオウガ様に捧げます」

「ああ、よろしく頼む。我が剣よ」

「っ……！　はい……！」

こうして俺は当初の目的通り、アリスを手駒にすることに成功したのであった。

青い空！　白い雲！

ついにやってきた、リッシュバーグ魔法学院！

親の束縛から解き放たれ、明るい俺の未来の土台を作り上げる場所よ……！

アリスを仲間にした日からさらなる月日を重ねた俺は念願の入学式を迎えていた。

どのような人材が入学するのかは我が家の力をもってすでに調査済み。

俺の隣を通り過ぎていく奴(やつ)らさえ、すぐに頭にたたき込んだ情報と直結する。

ククク……紙で見るだけじゃなく、やはり実物を目の前にすると沸き上がる興奮が違う。

「アリス!!」

「お呼びでしょうか」

俺が名を口にすると、我が腹心のメイドがそばに寄った。

「魔法写具(カメラ)で写真を撮れ。記念すべき我が覇道の始まりの時だ！」

「ご安心ください、オウガ様。感動のあまり、わたくしすでにフィルムに収めております」

自信満々に様々な角度から俺が写った写真を広げるアリス。

どれも俺のドアップで背景がほとんど写っていない。

「そ、そうか。よくやった」

「勿体なきお言葉……！」

片膝をついて敬意を示すポーズをとるメイド服のアリス。

連れ帰った時はさすがの父上も驚いていたな……。


「父上。こちらが私が魔法学院へ連れていく付き人、アリスです」

「アリスと申します。命を尽くして、オウガ様にお仕えいたします。どうぞよろしくお願いいたします」

「……ふむ、我が息子よ。一つ聞きたい」

「なんでしょうか、父上」

「彼女はどこからどう見ても、かつての聖騎士団総隊長のクリス」

「いいえ。彼女は俺が見つけた、俺の騎士です」

「っ……！　はい、オウガ様のアリスでございます」

「……いやしかし、クリ」

「アリスです」

「アリスでございます」

「……わかった。そういうことにしておく」

というやりとりがあり、俺たちの有無を言わさぬ圧に根負けした父上が折れる形で決着がついた。

この後、打ち合わせを重ねて彼女に新たな戸籍、名前を与える約束を取りつけ、晴れて彼女は第二の人生を歩むことになる。

アリスという強力な手駒が手に入ったわけだが……。

「なにあれ……。恥ずかし～」

「浮かれちゃっているのかしら。どこの家の子だろ」

「うわぁ……あいつとは距離取っておこうぜ……」

もうすっごい目立つ。こんな門の前、道中で明らかにメイドに似つかわしくない姿勢をとるメイドは注目の的だ。

アリスの顔立ちも美人だからなおさら。

しかし、彼女はやめるそぶりを見せない。それどころかウズウズと何かを待っているかのようだ。

そして、俺は彼女がこういう場合なにを求めているのかを一ヶ月ながら濃密な付き合いのおかげで知っていた。

「……これからも俺に尽くすがいい」

そう言って、手入れされた髪に沿って頭を撫でる。

彼女は一瞬うつむき加減になるものの、すぐにキリッとした顔つきに戻っていた。

「はっ！　全身全霊をもってオウガ様にすべてを捧げます！」

いや、声デカいよ……。入学式で気合が入っていたのは俺だけじゃなかったみたいだ。

だが、まぁ、よしとしよう。

あんなに強いアリスが忠誠を誓ってくれている。その事実が俺は何よりもうれしい。

命の危険を感じないという意味でも。男のプライド的な意味でも。

それに嫌でもすぐ目立つことになる。

なぜなら、俺はこの学院で悪のトップに立つ男だからだ！

「……ねぇ、今確かにオウガって……」

「え？　じゃあ、あれがヴェレット家の落ちこぼれ？　魔法適性がないって噂の」

「いいよな。公爵家様はコネで入学できるんだから」

「……クックック。受ける嫉妬は気持ちいいな、アリス」

「さすがの器の大きさでございます、オウガ様。あのような戯れ言、聞き流すのがよろしいかと」

しかし、他の生徒の反応を見るに部下もといハーレムメンバーを見つけ出すのは困難な道のりになるだろうな。

俺に話しかけてくる物好きなんてそうそういな――

「オ、オウガッ」

——いた。

灼熱(しゃくねつ)のような赤い髪をポニーテールにまとめた少女が恥ずかしげに木陰から出てきた。

少女……うん、おそらく少女だと思う。

なぜか男性服を着用しているが、それ故にわずかに出ている胸元の膨らみ的に女性だろう。

緑色の瞳。エメラルドカラーの髪留めは羽根の形をしていて……うん？　こいつ、どこかで見た覚えがある……というか、思い出した。

「オウガはその、覚えてないかもしれないけど、私……」

「カレンか。久しいな。五歳の時以来だな」

「——っ！　そ、そう！　カレン・レベツェンカ！　久しぶり！　よ、よく気づいたね？」

「成長しても面影が残っている。それに俺が誕生日に贈った髪留めだ。すぐにわかったさ」

「そ、そっか……。うん、オウガにもらったからちゃんと大切にしてたんだ……」

照れ恥ずかしそうに頬をかくカレン。

切れ長の二重瞼(ふたえまぶた)にまっすぐ筋の通った鼻。

男子生徒用の制服を着れる体型といい、相変わらずきれいに整った麗人という言葉が似合う奴(やつ)だ。

小さい頃はよく遊んだ仲で、いつも俺の後ろにぴったりとついてきていたのに……。

俺に魔法適性が無いと判明してからパタリと関係が途絶えたんだっけ。

かわいがっていたし、当時は幼なじみを作りたいとか考えていた。

今でも十分きれいだが、これでおっぱいが大きかったらなぁ……。

体型はともかく性格は本当に変わったと思う。昔のおどおどしていた彼女なら腫れ物扱いされている俺に自発的に話しかけてきたりしなかっただろう。

男装している理由はわからない……見当はつくがせっかくの門出の日だ。わざわざ気分が下がる話題を掘り下げる必要もないな。

「せっかくだ。よかったら一緒に行くか？」

「えっ！　い、いいの⁉」

「なぜ駄目だと思うんだ？」

「だ、だって、その……私」

おそらく彼女は俺と一切の関係を断ち切ったのを悔いているんだろう。

今のカレンの様子を見れば、その決断を下したのが彼女の意思でないことは誰にだってわかる。レベツェンカ家はいつまでも古い考えにとらわれた公爵家の中でも曰く付きだ。

「お前の知るオウガ・ヴェレットはそんな小さなことをいつまでも引きずる男だったか？」

「ううん、そんなことない！　オウガはいつだって……私の……」

「クックック、緊張しいな性格はまだ変わってないんだな。少し安心した。ほら、行くぞ」

「う、うん！　入学式は講堂だって！」

本日のプログラムを楽し気に説明するカレンの話を聞きながら歩き出す。

入学式の後に寮へと案内され、割り当てられた部屋にて荷解き（にほど）をする。最後に親睦を深める新入生歓迎パーティーが開かれる。

学院長の長話を右から左へと受け流せば、自室へと向かう時間になった。

「じゃあ、オウガ。またパーティーで」

「ああ。これからもまた話せるのを楽しみにしている」

「う、うん……！」

そう言うと、カレンは上機嫌に髪を揺らしながら寮へと向かった。

彼女には婚約者がいるが、これくらいの社交辞令は人付き合いの範疇（はんちゅう）だろう。それに聞く噂（うわさ）によれば二人の仲はあまりよろしくない。

だからといって介入する気もないが。

女子寮に向かうカレンと別れると、手続きを行っていたアリスが鍵を持って戻ってきた。

「オウガ様の部屋は十階の１００５号室です。自動昇降魔力装置（エレベーター）を使いましょう」

「ああ、案内してくれ。荷解きはパーティーまでに終わらせるぞ。夕刻まで時間はまだまだある」

「かしこまりました。迅速に済ませます」

早速部屋に向かい、届いていた荷物をテキパキと家具に収めていく。時間は有限だ。二人でやった方が効率がいいし、一般の貴族ならすべてお付きに任せるが、俺は違う。

どうも俺は周囲になめられているみたいだからな……。ないとは思うが、アリスにちょっかいをかけるバカがいると想像したら……。学院内でアリスと離れるのは悪手だ。

「オウガ様。これにて荷物は最後になりますが……寒かったでしょうか？　申し訳ございません。すぐに上着をお持ちいたします」

「かまわん。これは一種の……そう、武者震いだ」

「なるほど。では、紅茶でもお淹れしましょうか？　パーティーまで一息つく余裕はございます」

「いや、学院を歩いて回りたい。ついてきてくれ」

「かしこまりました」

構造を把握しておきたいという意図もある。

だが、もう一つ大事な用事があった。

事前に済ませておいた情報収集で気になる生徒に声をかけておきたい。

いきなり部屋に挨拶に行くのもおかしな話だし、もしかしたらこうして俺みたいに暇を持て余して校内を歩いているかもしれない。

その相手は唯一、俺に対して先入観を持っていないだろうから。

「とても大きな学校ですね。さすがは王国随一」

「ああ。……とはいえ、生徒の質はそうも言えなそうだがな」

しばらく歩き回っても目当ての人物には出会えず、そろそろパーティー会場へ向かおうとした頃。

角を曲がると、視界に飛び込んできた陰湿ないじめの現場。

三人の男子生徒が寄ってたかって一人の、それも女の子を恫喝(どうかつ)して……ん？

「確かあの顔……」

「オウガ様」

後頭部にアリスの視線が突き刺さる。

言いたいことはわかっている。

自分が助けに行くとか、どうせそんなところだろう。

しかし、そんな勝手な行為は許さん。

なぜなら、目の前でいじめられている少女は俺がお近づきになりたい美少女リストに入れていた例の気になる生徒だったから。

マシロ・リーチェ。

完全実力主義のリッシュバーグ魔法学院に入学した唯一の平民。

クックック、俺も運がいい。

ここで颯爽と助ければ俺に好意的感情を抱くこと間違いなし！

「もちろんだ。行くぞ、アリス」

「はいっ！」

嬉しそうな返事を背に、俺は歩き出す。

こんな楽に好感度を稼げる機会を逃してたまるか。

「薄汚い平民風情が俺たちと同等だと思うなよ！」

「しっかり礼儀を叩き込んでやるからありがたく思え！」

「気持ち悪い眼しやがって……そんな眼でこっちを見るんじゃねぇ！」

「ひっ⁉」

罵声を浴びせていた三人の内、一人が拾った石でリーチェを殴ろうとする。

当然、やらせるわけがない。

「おいおい。入学早々、なにやっているんだ」

「はぁ？　誰だ、お前っていてててててっ‼」

石を持った男子生徒の腕を掴んだ俺はそのままひねり上げた。

軽く足を払って、地面へと叩き伏せる。

「ル、ルアーク⁉」

「お前！　何してんだよ！」

「それはこっちの台詞だろうに」

「ぐえぇっ！」

仲間を倒されてキレた一人がこちらに殴りかかってくるが、手で外へ弾くように払いのける。勢いよく突っ込んできたので、バランスを崩したところに前蹴りをお見舞いしてやれば、後ろにいたもう一人も巻き込んで倒れた。

ルアークと呼ばれた男の襟首を掴んで、お仲間のもとに放り投げてあげれば悲鳴がそろって聞こえる。

「て、てめぇ！　俺が誰かわかって……！」

「ルアーク・ボルボンド。ボルボンド伯爵家の次男だな」

ボルボンド伯爵家はレベツェンカ公爵家——カレンの実家が取り仕切る軍部所属の家系だ。元々他国の兵卒だったがレベツェンカ家がその実力を見て、傘下に加えた経緯がある。

この程度の輩が公爵家の倅とは軍部の品位が知れる。父上がよく苛ついている気持ちが少し理解できた。

ここは一つ、語っていた大好きな爵位で相撲を取ってやろうじゃないか。

「自己紹介してやろう。俺はオウガ・ヴェレット。聞き覚えはないか？」

「ヴェレット……こ、公爵家だと!?」

「そうだ。お前の言葉を借りるなら外様の伯爵家風情が公爵家の血筋である俺と同等だと思うなよ」

「く、くそっ！　覚えとけよ！」

少し凄めば、三人衆は慌てて逃げ去った。

目には目を歯には歯を、悪には悪を、だ。

俺のような一流の悪を目指す男の前では、あんな美学もない三流、相手にもならんな。

「お見事です、オウガ様！」

「あんなの誰にだってできるさ。……さて」

「……っ」

視線を向けると、びくりとリーチェの肩が震える。

そして、連動するように――大きな胸も揺れた。

制服の上からでもわかるたわわに育った果実。

なにを隠そう、それこそが俺が彼女と仲良くなろうと決めた要因。

おっぱいだ。手に収まり切らないくらいのおっぱいだ。

「心配するな。あんなくだらない真似はしない」

「え、えっと、あの……」

「一年のオウガ・ヴェレットだ。こっちはメイドの……いや、我が剣のアリスだ」

自己紹介の瞬間、何か凄い圧を感じたので言い直した。

え？　俺、これから行く先々で『我が剣』とか言わないとダメなの？　恥ずかしい……。

「君の名前は？」

すでに知っているが、あくまで初対面。

きちんと彼女の口から名前を聞かないとな。

「マ、マシロ……！　ボクはマシロ・リーチェです！　同じ一年生です！」

「よろしくな、リーチェ。立てるか？」

「は、はい……！」

差し伸べた手を掴んで、リーチェはよろよろと立ち上がった。

改めて正面から見るが、顔と身体のレベルが高い。

透き通った蒼と翠のオッドアイ。

水色の髪はふんわりとしたボブスタイルでまとめられている。

そして、その下にある自己主張の激しい胸！

留めているシャツのボタンがもう弾け飛びそうだ。

「あ、あの、ありがとうございました。ヴェレット様のおかげで助かりました……」

「気にしなくていい。ああいうのは嫌いなんだ」

ただ自身を肯定するために弱者を侮辱する。ボルボンドの長男は優秀なようだが、次男にそういう話は聞かない。つまり、そういうことだ。

ふん、悪の風上にも置けん奴らだな。

「もうすぐパーティーが始まる。これを使うといい」

そう言って、俺はポケットから取り出したハンカチを彼女に渡す。

スカートには倒された時についてしまった土汚れが散見していた。

このままパーティーに向かえば注目を集めてしまう。

「ほ、本当にいいのでしょうか……？」

「構わん。使い終わったら捨ててくれ」

「い、いえ！　きちんと洗ってお返ししますので！」

「……そうか。では、遅れないように。また会場で会おう」

「は、はい……！」

彼女が笑顔を浮かべているのを確認した俺は背を向けてその場を去る。

あの顔……間違いない。

もう俺への好感度が爆上がりしている！

こうも全てうまくいくとは……。

これで俺はリーチェの中で親切な人カテゴリに分けられたはず。

そうなればこっちのもの。

怖い貴族だらけの中、俺を頼るのは確実だろう。

期待に応えてやれば好感度はさらに上がり、自然と縮まる距離。

俺には見えているぞ！　リーチェが告白してくる未来が！

「機嫌良さそうですね、オウガ様」

「ああ、気分がいいとも。望んだ結果が得られたからな」

「私もオウガ様が主人であることを誇りに思います」

アリスも俺がリーチェを助けたことでご満悦の様子。

この行動に裏の意味があるとも知らずに……アリスの忠誠心も稼げて本当に愉快な気分だ。

「ついてこい、アリス。俺が歩む道こそが覇道だ！」

「はっ！　いつまでもおそばに！」

そんな風にアリスと定番と化したやりとりをしていたら、すぐにパーティー会場にたどり着く。

「ほう……なかなかに立派だな」

パーティー会場は本校舎から離れた場所にある。

行事や祝い事に使われるようで学び舎の中にいるという事実を忘れさせるほど、きらびやかな装飾が目に入った。

それでいてゴチャゴチャとせず、整った美しさを感じられるのはさすが伝統あるリッシュバーグ魔法学院といったところか。

「オウガ様。飲み物をお持ちしました」

「ありがとう」

「これからどうなさいますか？」

「予定通りに進めるなら声をかけておきたい者がいるんだが……」

チラリと周囲に目をくれてやる。

遠巻きにした生徒たちの嘲りのこもった視線がいくつかこちらに刺さっていた。

「……やめさせますか？」

「気にするな。どうせ大半が人生では関わらないんだ。相手にする必要はないさ」

それに彼ら彼女らも不安で仕方ないのだろう。

自分たちの実力が通用するのか。

精神が落ち着かないときに、自分よりも貴族としての位が高いのに魔法適性なしの無能がいたら、見下して一瞬の安心を得たい気持ちはわからないでもない。

俺は魔法が使えないハンデを埋めるための研究に没頭して、ほとんど表舞台には顔を出さなかった。

父上も外ではめったに家族の話をしない。それが自分の弱点につながるとわかっているから。

ゆえにヴェレット家に見捨てられたと勘違いしているのだろう。

「実力で見返せばいい。時が経てば頰をひきつらせているのはあいつらだろうよ。違うか、アリス？」

「いえ、オウガ様のおっしゃる通りだと思います」

「それでいい。お前の主を信じていればいい」

「オウガ様……！　お仕え出来て私は幸せでございます！」

うん、もっと視線集めちゃったけどね。

そんなに忠誠心強いならもう少し俺の気持ちを考えてくれ。

……今から慣らしの訓練と割り切ろう。

「アリス。カレンと婚約者様に挨拶に行くぞ」

舞台の中央で次々とやってくる令嬢たちを相手する対照的な表情をした二人。

一人は幼なじみのカレン・レベツェンカ。

そして、もう一人は彼女の婚約者にして王位継承権第一位のアルニア・ロンディズムだ。

「お初にお目にかかります。アルニア王太子殿下。私はヴェレット公爵家の長男、オウガ・ヴェレットと申します。ご挨拶が遅れましたことお詫び申し上げます」

順番が回ってきたので軽く自己紹介をする。

すると、彼は強い力を感じさせる赤い瞳で俺の顔を見て、嗤った。

「ああ、君が例の魔法適性がない合格者か」

会場内の生徒たちは皆それぞれ談笑を繰り広げている。だから、王太子の人を見下す物言いはそばにいたカレンとアリスにしか聞こえていないだろう。

それを理解した上で彼はわざわざ触れる必要のない俺のハンデに言及したのだ。

俺はニコリと笑みを貼り付けると、王太子の冗談という体で話を進める。

「王太子殿下の耳にも名が届いていましたか。光栄です」

「もちろん。有名人だからね。どんな手段を使って学院に入学したのだろうかと。そんな魔法があるなら、ぜひご教授願いたいものだよ」

「ア、アルニア王太子。どういうつもりですか？」

「深い意味はないさ、カレン。僕は実力で合格した彼をたたえているだけさ。魔法が使えないのにここにいるということは、とてつもない知識を持っているに違いない」

貴族にはこういった傲慢な性格をした者が多い。

それはなぜか。貴族はこの世において明確な『勝ち組』だからだ。上の立場として生活しているから人を見下すのに慣れている。その行為に疑問を持たない。

それでも貴族相手の振る舞いは教育を受けているはずだが……どうもこの王太子は自由気ままに育てられたらしいな。

「ええ、王太子殿下のおっしゃるとおり、実力で受かりました。その知識をぜひとも披露したいのですが、今宵はせっかくの楽しいパーティー。こんな時までわざわざ硬い話をするのはも

「ああ、そうだな。時間がもったいないな」

クスクスと笑い声を漏らすアルニア王太子。

こいつは俺が逃げの一手を打ったと勘違いして口だけのコネ入学野郎とでもバカにしているのだ。

リッシュバーグが完全実力主義であるのをどうやら信じていないらしい。

世代のトップがこれでは先ほどのバカ三人衆みたいな輩が生まれるのも仕方なく思えるな。

ここでこのバカ王太子に恥をかかせるのは簡単だが、それは悪の三箇条に反する。自ら決めた信念を守れないとは、なんと格好悪い生き方だろうか。

故に俺も合わせて笑みを浮かべるだけにした。

「それでは私はこれで失礼します。レベツェンカ嬢もまた」

礼をしてその場を立ち去る。横目にカレンが小さく腰元で手を振っていたのが見えたので、俺も王太子から見えないように手だけ振り返した。

「……ご立派でした、オウガ様」

「お前もよくこらえた。いずれ世界は俺を知る。もう少し待っておけ」

「そう遠くない未来であると私は確信しております。そして、いつまでも私の居場所はオウガ様のお隣でございます」

「ふっ、嬉(うれ)しいことを言ってくれる」

アリスの暴走は怖いけど、絶対に裏切らないと思わせる忠誠心は素直に嬉(うれ)しい。

彼女ほどの傑物に認められたという事実は自信になる。

さて、接触が難しいとわかった以上、親睦を深めるパーティーに残る必要はないわけだが……。

「……来ないな」

入り口を確認しているが、リーチェは一向に会場にやってこない。

ハンカチ程度のフォローではダメだったか？

だからといって新品のスカートを渡したら、さすがに気持ち悪いだろう。

いやいや、きっと着替え直しているに違いない。

「オウガ様。おかわりを用意してきます」

「ああ、頼む」

そうして時間を潰していると見知ったバカ三人衆が何やらニヤニヤしながら入ってきた。

距離があるため声は聞こえないが、先ほどの怯(おび)えた感じは消えている。

ここで顔を合わせて騒がれるのも厄介だな。

仕方がない、か。

「帰ろうか、アリス。これ以上は時間の無駄だ」

奴らと顔を合わせないように会場を出て、一足先に寮へ帰る選択をする。

すると、玄関口で管理人に呼び止められた。

「お待ちください、ヴェレット様。お手紙をお預かりしております」

「手紙？　誰から？」

「マシロ・リーチェという女生徒からです」

「……！　そうか、ありがとう」

質素な封筒を受け取った俺は自室へ向かいながら、耐えきれず封を開けて中身を読む。

『オウガ・ヴェレット様。

先ほどは助けていただきありがとうございました。

お話ししたいことがあります。

明日の朝、一限目が始まる前に裏庭に来ていただけないでしょうか。

ヴェレット様の優しさに甘えることをお許しください。

マシロ・リーチェ　』

「オウガ様……これは……」

「……あぁ、間違いない」

ラブレターだ……！

クックック……まさかもう惚れさせてしまうとは……！

俺の溢れ出るカリスマパワーがそうさせたのか。

ところどころ濡れて乾いた後に書いたせいで読みにくい部分もあったがこの文面、間違いない。

絶対に明日の朝、告白される。

「アリス、明日の朝は早くなる。今日はすぐ睡眠をとるように」

「かしこまりました」

「……これから楽しいことになりそうだなぁ？」

「っ！　ええ、そうですね」

俺とアリスは目を合わせ、ひとしきり笑うと自室に入るのであった。

◇◇◇◇

月が沈み、太陽が昇って翌日。

「……ふむ」

リーチェに呼び出され、ルンルン気分でやってきた裏庭。

待ち構えていたのはニヤニヤと顔をゆがめる昨日の男どもで――なぜか青ざめた表情のリーチェもそいつらの隣にいた。

こいつらも懲りない。昨日の今日でまた仕掛けてくるとは……。

「どうしてお前らがいるんだ？　またちょっかいをかけてるのか？」

「いいや、違うね。俺たちは友だちのこいつの後押しのために来てやったのさ」

「……なに？」

「昨日はやられちまったが……お前、噂のヴェレット家の【落ちこぼれ】だろ？　魔法適性がないせいで父親に見捨てられた」

「そもそもヴェレットといえば、あの悪徳領主として有名な公爵家の恥さらしじゃないか」

「他国の貴族に媚びへつらい、自治領からは税を搾り取って怠惰な生活をしている。かつての王族の血が入っているだけの怠け者なんだってな！」

違う、と言っても信じないだろうな。

父上は幼い俺が悪意にさらされるのを防ぐために俺を隠した事実も。バカなふりをしている方が外交に有利に働くから表では演技をしている事実も。

わざと悪評をながして、本物の腐りきった貴族たちを釣りだしている事実も、こいつらは何も知らないから。

どうやら政治には全く関わらせてもらっていないようだ。

「だとしたら、どうした？」

「いやぁ、そんな奴に絡まれるなんてこいつがかわいそうだなぁと思ってよ。ほら、呼び出した用件を言ってやれ」

背中を押されて、俺と一対一で向かい合うリーチェ。

手には昨日のハンカチを握りしめていて、プルプルと震えている。

眼だって忙しなく動いているし、どうにも落ち着きがなかった。

「リーチェ。本当にこいつらと友だち――」

「おい！　さっさと言えよ！」

俺の言葉を遮るように怒鳴るルアーク。

ちっ、邪魔な奴らだ。

おとなしげなリーチェに公開告白なんて恥ずかしくてできるわけないだろう……！

昨日みたいに退場させてやろうと一歩前へ進むと、今度はリーチェが腕を広げて行く手を阻んだ。

「あ、あの！」

うつむいていた彼女は顔を上げる。

「もうボクに関わらないでください！　無能のあなたなんか迷惑なんです！」

そう告げるリーチェの瞳には輝きが……生気がなかった。

「き、昨日はあなたが勘違いしただけですから……だ、だから、【落ちこぼれ】なんですよ！」

「勘違い……」

「こ、これもお返しします……そういうわけですから……」

彼女はハンカチを押し付けるようにして、その場から立ち去る。

すれ違い際、ボソリと彼女の言葉が耳に届いた。

「ごめんなさい」

思わず膝をつきそうになるのを堪える。

俺の目指す悪は格好悪い姿をさらしてはならない。

フラれた俺の姿が愉快らしく、ルアークたちはゲラゲラと笑いながら俺の横を通り過ぎていく。

「そういうわけだから二度と関わんじゃねぇぞ！　勘違いの無能さんよぉ！」

「あ～、傑作傑作！」

「朝から面白いもの見れたぜ！」

ギャハハハと下品な笑いが遠くなっていく。

か、勘違い……そうか……。

好感度が上がったと思っていたのは俺の勘違いだったのか……！

昨日の態度が少し気障(きざ)っぽかったのだろうか。

ハンカチでもダメだったら何が正解だったんだ、くそっ！

あんな奴(やつ)らとつるむなんて……やっぱりオラオラ系がモテるのか……⁉

「……オウガ様。今ならまだ追いつけますが、どうされますか？」

追いついても何もできないだろう。

俺は恥ずかしくも告白だと勘違いした野郎だ。

しつこく迫ったら、ストーカーだの気持ち悪いだのと訴えられるかもしれない。

悪は目指すが、そんな格好よくない悪評はいらないのだ。

だが……だが……！　あのおっぱいは諦めきれん……！

こうなったら作戦変更だ。

しばらくは様子見といこう。

「時が来たら動く。今は放っておけ。だが、決定機を逃すな」

「かしこまりました」

私の名前はアリス。
オウガ・ヴェレット様に拾われ、第二の人生を歩み始めた女だ。
オウガ様は文字通り『天才』。
魔法適性が無いというのはこの世界において絶望的なハンデ。貴族の生まれとなればなおさら。

だが、オウガ様は心折れず、立ち上がった。

ついには自分だけの理論を完成させて魔法を使えずとも世界で生きていく術を身に付けられたのだとか。

そして、手に入れた力を自らではなく、他人のために使おうとしている。

奥様からお話を聞いた時はどれだけ涙したことか。

幸福にもそんな素晴らしき我が主の学生生活中の身の回りの世話役に任命され、四六時中オウガ様のそばにいることを許された。

屋敷でのメイド長のしごきは壮絶だったが、すべては敬愛するオウガ様のため。

戦いに入れ込んでいた昔からは到底考えられないものだな。

この私が紅茶を上手く淹れられるようになったと聞けば、かつての私はなんと言うだろうか。

「ふっ……意味のないことだな」

それよりも今の私には重大な任務がある。

私はオウガ様よりマシロ・リーチェ嬢の監視を言い渡されていた。

はっきりとそう言われたわけではないが、ときには言葉に含まれた意図を汲むのも従者の役目。

オウガ様は『決定機を逃すな』とおっしゃった。

それはつまり、リーチェ嬢があのクソ虫三人衆から脅迫されている証拠を確保しろということ。

聡明なオウガ様ならばとっくに気が付いているだろうが、昨日の手紙。

涙で濡れた跡があった。

たった一枚の手紙を書くのに涙する理由があるだろうか。

昨日のリーチェ嬢の様子も併せれば、あの男子たちに強制されたという考えに行きつくのは容易。

しかし、証拠もなく訴えても誤魔化されては意味がない。

よって、こうして私に尻尾を掴むよう指示されたわけだ。

「オウガ様……」

思い出すのは、辛そうなオウガ様のお姿。

リーチェ嬢を泣かせてしまった責任を強く感じていらっしゃるのだろう。

今だってそうだ。

どんなひどい噂が流されているのか、クラス全体がオウガ様をバカにしている節がある。

しかし、オウガ様は気にした様子なくあくまで平静を保っている。

辛抱強く戦っていらっしゃるのだ。

これもまたオウガ様の作戦だろう。

噂を流しているのは十中八九、あのクソ虫三人衆。

奴らは短気で、オウガ様の態度にすぐに腹を立てるはずだ。

そうなればもう一度、リーチェ嬢と接触する可能性が高い。

オウガ様は己の身を削って、決定的証拠を得ようとしている。

「オウガ様にはもっと御身を大切にしてほしいですが……あの方はいずれ世界を平和に導く方」

止める方法はあるが、あまり強引に事を進めすぎては逆にオウガ様の評判を落とすのみ。

元を根絶やしにするのは最終手段。

なにより主が堪えているのに従者であり剣である私が我慢しないわけにはいかない。

「……寂しい」

こうしておそばを離れて監視している間、隣にオウガ様がいない。

私は胸もとからロケットを取り出す。

開けば、そこには先日撮ったばかりのオウガ様の勇ましいお姿が。

……よし、これで少しは寂しさを紛らわせられる。

リーチェ嬢に注視して——

「——っ！　あれは……！」

リーチェ嬢を逃げられないように囲んで、どこかへと連れて行こうとしているクソ虫三人衆を捉えた。

あの方角は確か……旧校舎か！

入学式の日、学院内をオウガ様と把握しておいてよかった。

「……まさかここまで読まれて……？」

正義の味方であるオウガ様ならばあり得る。

悪事を働きやすい場所を事前に確認していたと考えれば納得できた。

「……っと、今は感動に胸を打たれている場合じゃないな」

私は急いで主の気配のする場所へと駆け出す。

待っていてください、リーチェ嬢。

必ずやオウガ様が、あなたを絶望から救ってくださるでしょう。

◇◇◇◇

どうしてボクはこんな目に遭わなければならないんだろう。

約束された確かな希望と自身の才能にわずかな期待を持って、両親に見送られて入学した魔法学院。

だけど、待ち受けていたのは身分の違いによる圧力だった。

「おらっ！　さっさと入れよ！」

「きゃっ！」

背中を押されて、無理やり部屋の中に入れられる。

今はほとんど使われていない旧校舎の空き教室。

尻もちをついたボクはここまで連れ込んできた人たちをにらみつける。

「おうおう、なんだその態度は……。そんな反抗的な態度を取れる立場の人間か、お前はよぉ？」

彼らの大将格であるルアーク・ボルボンドがニタニタと嗤（わら）いながら、こちらを見下す。

ボルボンド家は軍部の最高責任者であるレベツェンカ公爵家の右腕と言われている。

故に彼は傲慢に、こうやって問題行為にも簡単に手を出す。

もみ消せると、そう思っているのだ。

そして、平民一人相手ならそれも容易だ。

「そもそも約束が違う……！　ヴェレット様に手出しをしない代わりに、あの人を罵倒しろって……！」

ヴェレット様に助けていただいたあの日、彼らは逃げたふりをしてボクが一人になるのを狙っていた。

そこでボクに取引という名の脅迫をしてきた。

『俺に恥をかかせた無能を辱めろ。でないと、俺が魔法で直接いたぶっちまうかもなぁ？』

『そ、そんなこと……！　学院では授業以外での魔法の使用は禁止で……！』

『やりようはいくらでもあんだろ？　例えば、授業の模擬戦闘でついついやりすぎてしまうとか。俺たちはまだ一年生だ。魔法の制御が甘くても仕方ないと思わないか？』

『っ……⁉』

奴は「ヴェレット様には魔法適性が無い。魔法が使えない【落ちこぼれ】」だと言うのだ。

信じられない。だけど、もしこれが事実なら……？

いくら体術で勝っていようとも、魔法には敵わない。

立場が違うボクは確かめたくても、その場で応える以外に選択肢は用意されていなかった。

だから、代わりに二度とヴェレット様に手を出さないという約束のもと、ボクはあんなひどいことをした。

ヴェレット様を騙すための手紙を書くのは涙が出るくらい辛かった。

助けていただいた恩を返すどころか、罵詈雑言をぶつけるなんて嫌われても当然。

だけど、これでヴェレット様は平穏な学院生活を送れる。

そう思っていたのに、この人たちはヴェレット様に関して根も葉もない噂をばらまいていた。

そのせいで入学して数日にもかかわらず、ヴェレット様は学院で孤立状態にある。

「なんのことだ？　手出しはしてないだろ？　ちょっと周りとお話ししてただけさ」

悪びれた様子もなく、ケラケラと笑う。

「でも、おかしいよな。計画ではキレて手を出して、一発退学！　の予定だったのに、あいつずっと無視してやがる。本当にむかつくぜ。こっちなんか眼中にないってか？」

「…………」

「つーわけで、お前、もう一回あいつ呼び出せ」

「えっ……？」

「また呼び出すんだよ。そしたら俺たちがボコるから。んで、今度はあいつに襲われそうになったって証言しろ」

魔法学院を退学……？　そうなればヴェレット様の人生はもう終わってしまう。

あんなに優しいお方の人生が……終わる？

貴族にとって平民など関わる意味のない存在。

なのに、あの人は何も望まず、ただボクが困っていたから助けてくださった。

学院に入った時から向けられた好奇の視線とバカにしたような嗤い。

けれど、ヴェレット様は唯一対等に接してくださったのだ。

このような方もいるのだと希望を見せてくれた。

……できない。

ボクは二度もあの人を裏切れない……！

「……ません……」

「あ？」

「……できません……！」

「……お前もイライラさせんなぁ！」

「がっ……⁉」

ドンと床にたたきつけられる。

そして、奴はボクの服に手をかけると無理やりボタンごと引きちぎった。

あらわになる下着と胸。

弾んだそれを見て、ボルボンドはチロリと舌なめずりする。

「イライラさせられた分、てめぇの身体で鎮めてくれや」

「ひっ⁉」

「おう、お前ら。後で楽しませてやるから入り口で見張ってろ」

「うひひっ！　そのおっぱい気になってたんだよ！」

「さすがはルアーク！　了解！」

逃げようにも馬乗りされマウントを取られていて、身動きができない。

そもそも体格差がありすぎて、抵抗も意味をなさなかった。

……あぁ、お母さん、お父さん、ごめん……。

せっかく無理して、ボクの夢を叶えるために学院に入れてくれたのに……。

せめて奴らがボクで喜ぶ姿は見ないようにと瞼を閉じる。

すると、浮かんできたのはヴェレット様が助けてくれたあの日の光景。

「ヴェレット様……」

「残念だなぁ。ここは滅多に人も来ないし、そもそもあいつが来るわけねぇだろうが」

そうだ。あの人はもうやってこない。

ボクから突き放したんだから。

……ありがとうございます、ヴェレット様。

貴方に出会えたことが、ボクの救いでした。

「さて、それじゃあお楽しみと――」

「――うわぁぁぁぁっ!?」

突如として響いた取り巻きたちの悲鳴と、何かが倒れる大きな物音。

「……な、なんで、てめぇがここにいるんだよぉ……！」

うろたえたボルボンドの声。

……まさか。まさか、まさか、まさか。

「……なにをしてるんだ、お前ら」

信じられなくて、でも、確かにこの声は聞き覚えがあって……。

「ぁ……あぁ……」

なんで……ここに、あなた様がいるのですか……。

「ヴェレット様……！」

名前を呼ぶと、ヴェレット様がこちらに視線を向ける。

そして——彼に怒りが宿った。

「……安心しろ、リーチェ」

「俺が来たからには、もうこいつらには指一本触れさせない……！」

◇　◇　◇　◇

「ふぅ……」

とても快適だ。

今朝の一件以来、アリスが俺のそばを離れる時間が増えた。

おかげで俺にも自由な時間ができ、ストレスなく学院生活を送れている。

今後の計画を練るためにも一人の時間は必要だからな。

「アリスも俺の気持ちがわかるようになったんだな……。成長は嬉しいことだ」

接する態度を見るに失望されたわけじゃないのはわかる。

だから、俺もこうして安心して一人で紅茶を楽しんでいるわけで……。

昼休憩の時間なので、俺は教室から移動してカフェテラスにいた。

本校舎から離れ、旧校舎に近いこちらを利用する生徒は少ない。

「あの不躾な視線もないしな」

無能と呼ばれるのは前世で働いていたブラック企業で慣れている。

部長の口癖がまさしく『無能』だったからだ。

そのあたりのスルースキルは身につけている。

そもそも名前も知らない有象無象に言われてもなにも思わん。

「むしろ問題なのはリーチェの件だ。どうやって距離を縮めるか……」

「──オウガ様！」

優雅なティータイムをぶち壊す叫び声が俺の耳を劈いた。

「さすがはオウガ様。すでに目星を付けられていたとは……！」

「……もちろんだ。なにかあったんだな……？」

嘘だ。全く分からん。

だが、慌てた様子だったので流れに乗ることにした。

「リーチェ嬢が！　例の三人に旧校舎へと連れていかれました！」

「……！　移動しながら聞こう。案内しろ！」

「こちらです！」

先導するアリスの後を追う。

事の全貌が見えてこないが、彼女の急ぐ姿を鑑みるにリーチェの状況が芳しくないのは確かだ。

人気のない旧校舎。オラオラ系の男三人におっぱいの大きい女子。

導き出される結論は……。

「ヤっている可能性が高い……？」

「私も同意見です」

ダメだろ、それは！

リーチェを俺のハーレムに加えるという作戦が破綻してしまう！

オラオラ系の好きにはさせんぞ……！

「よく気づいたぞ、アリス」

「いえ。私はただ先日の一件以来、オウガ様の指示通りにリーチェ嬢を見張っていただけですので」

「……………？」

「『決定機を逃すな』。オウガ様のお言葉に従ったまでです」

「……素晴らしいぞ、アリス。さすがは我が剣だ」

……だからかー！　あのアリスが時折いなくなる理由がようやくわかったわ！

全然そんなつもりで言ったわけじゃないんだけど……。

その場しのぎの現状維持をそれっぽく言葉にしただけで……。

し、しかし、アリスが勝手に深読みしてくれたおかげで再びリーチェとの距離を縮めるチャンスを得た。

あのおっぱいを好き勝手にさせるわけにはいかない。

先に目を付けたのは俺の方だ。

一度欲しいと思ったものはどんな手を使っても手に入れる。絶対に諦めたりしない。

クックック、いかにも悪を目指す俺にお似合いな卑劣な手じゃないか。

窮地を二度も助けられたなら要求を断れるはずがない。

『ひっ⁉』

「『――っ‼』」

リーチェの悲鳴が確かに聞こえた。

瞬間、俺たちは一気に音のもとへと駆けていく。

「――見つけた」

「えっ？　なんでおまえがここに……⁉」

扉越しにルアークの金魚の糞たちと目が合う。

硬直する奴らごと扉を蹴飛ばして、中へと入った。

気絶した取り巻きたちにはもう用はない。俺が相手するべきは目の前のクズだけだ。

「……な、なんで、てめぇがここにいるんだよぉ……！」

「なにをしているんだ、お前ら」

「ヴェレット様……！」

視界に飛び込んできたのはたわわな胸元があらわになったリーチェとベルトを外して馬乗りになっているうろたえた様子のルアーク。

想定していたのと違う……？　全然そういう雰囲気じゃない。

むしろ、状況からして無理やり襲われたかのような……まさかリーチェのやつ、またいじめられているのでは？

ならば、俺がすべき行動はただ一つ。

「……安心しろ、リーチェ。俺が来たからには、もうこいつらには指一本触れさせない……！」

……決まったっ……。

俺を見るリーチェの恍惚とした表情は間違いない。

今度こそ俺への好感度が上がりまくっている！

「か、勘違いしてんじゃねぇ！　俺たちは合意のもとだな」

「……そんな言い分が通用すると思っているのか？」

「あ、当たり前だろ！　この女が誘ってきたから俺は乗っかっただけで」

「ち、違います！　この人が無理やり……！」

「彼女もそう言っているぞ？　それに証拠は確保してある」

俺が親指で示す先には魔法写具（カメラ）を手に持ったアリス。

「初めからバッチリです」

「魔法写具（カメラ）⁉　くそがっ……！」

ようやく自分が追い詰められているという正しい認識ができたようだ。

ルアークはフラフラと力なく立ち上がる。

「なんでだよぉ……なんで俺様がこんな目に……。こうなったのも全部、ぜぇんぶ……」

……これは不味（まず）いかもな。

「アリス。奴には手を出すな。——俺がやる」

「っ！　オウガ様の仰（おお）せのままに」

俺はハンドサインでアリスにリーチェを助けるように指示する。

おそらく俺の読みが正しければ——

「お前のせいだぁぁぁ‼」

──暴走して魔法を使用するからだ。

ルアークは掌を重ねて、こちらに向ける。

「炎精よ、我が敵を燃やし尽くせ！　【十二の炎弾】！」

撃ちだされた炎の玉の数は十二。

一度に操れる平均数が八つとされているので、なかなかの実力者ではあったのだろう。

魔法学院で授業を受けていないにもかかわらず、コントロールできている点も評価できる。

「俺は勘違いをしていたよ、ルアーク・ボルボンド。お前が弱いのは頭だけだったようだ」

「今更謝っても遅いぞ！　己の無知を恨んであの世に逝けぇ！」

「ヴェレット様!!」

魔法適性がない俺は対抗するための魔法が使えない。

かといって避けるには数が多いし、旧校舎が火の海になってしまう。

ならば、どうすればいいか。

「ははは！　死ねぇ!!」

魔法の根源から消してしまえばいい。

「【魔術葬送】」

俺が作り上げた技術を起動する文言を口にする。

その瞬間、炎の玉が俺へと着弾した。

「直撃ぃ！　バカな奴(やつ)だったなぁ！　俺に逆らうお前が悪いん」

「――まぁ、この程度か」

「……はぁ？」

間抜けな声を漏らすルアーク。

致し方ない。初見だと、そういう反応にもなる。

あのアリスでさえ俺と手合わせした際には驚いていたのだから。

「な、なんで⁉　なんで無事なんだよ⁉　た、たしかに全部命中して……！」

「ああ、当たったさ。でも、俺には通用しない。それだけが事実だ」

「ど、どうなってんだよ……！　魔法を消す魔法なんてあるわけが……！」

「……さて」

「ひぃっ⁉」

低くなった俺の声に情けない悲鳴をあげるルアーク。

あんなに満ち溢(あふ)れていた自信はもう微塵(みじん)も感じられない面構(つらがま)えだ。

「魔法が効かないとわかった以上、お前がどうなるのかはわかるよな？」

「そんなわけない、そんなわけない！　どうせ魔道具でも仕込んでて……そうだ！　ハッタリもいい加減にしろぉ！」

「そう思うならやってみろ」

俺はヒラヒラと手を振り、何も持っていないのを証明してからポケットに手を突っ込んだ。

無防備をさらしてゆっくりとルアークに近づいていく。

「な、なめやがってぇ……！　【落ちこぼれ】男！　無能！　クソ雑魚野郎！」

罵倒と共に飛んでくる炎の玉。

だが、俺に傷はつけられない。この膝が地に着くことは永劫ない。

【魔術葬送】を発動している俺は一歩、また一歩とルアークの元へ。

ぎしりと軋む床の音はまるで死へのカウントダウンのように聞こえているのだろう。

目の前の青ざめたルアークの顔がすべてを物語っている。

「どうした？　ゼロ距離だぞ？　外さないように撃ってみろ」

「あっ……あぁ……」

「ほら、動かないでおいてやるから」

奴の手をつかんで、俺の胸元へ当ててやる。

「俺を殺す覚悟を、見せてみろ」

「……っ！　ま、まだだ！　おい！　こいつがどうなってもいいのか……って、あれ!?　いない!?　どこに行って……あっ!?」

リーチェならアリスがすでに回収済みだ。

こうして近づいたのも俺に視線を釘付けにして、アリスが動きやすくするため。

「人質を放置しておくわけないだろ」

「そ、そんな……」

力が抜けて、へなへなと座りこむルアーク。

これで打つ手はなくなった。お前はもう詰みだ。

「先に命を懸けた勝負を仕掛けてきたのはお前だ」

俺が一歩足を進める。そのたびに奴は一歩後ろへと下がる。

「当然、自分が狩られる覚悟あってのことだと思うが」

青を通り越して血色がなくなった顔をブンブンと左右に振る。

「今のお前はあまりにも情けなくて、可哀想な豚だ」

「あっ⁉ ひっ⁉」

壁に背をぶつけたルアークは這いつくばりながら右側へ逃げようとするが、足を突き出して進路を塞いだ。

「見下していた側から見下される側になった気分はどうだ？」

大きく拳を引いて構える。

奴の脳裏によぎっているのは、どんなみじめな自身の姿か。

「痛いのは一瞬にしてやるよ、【落ちこぼれ】」

「あぁぁぁぁぁっ！」

部屋中に響く甲高い悲鳴。

泡を吹き、白目をむいて倒れるルアーク。

俺の拳は奴(やつ)には当たっていない。

目と鼻の先を通って、床へと突き刺した。

つまり、拳圧で勝手に殴られたと勘違いして気絶しただけ。

「……殴る価値もない男だったな」

パンパンと手についた木くずを払う。

「い、今のは……？　ま、魔法が消えて？」

【魔術葬送(デリート)】。限定条件で魔法を無効化する俺が開発した技術だ」

「ま、魔法を消──」

彼女の唇に人差し指を当てて、言葉の続きを紡(つむ)がせない。

この技術はまだ公表していない秘匿されたものだから。

「今見たものは内緒にしてくれるな、リーチェ？」

「っ……！　は、はい！　墓まで持って行きます！」

顔を真っ赤にして何度もうなずくリーチェ。

【魔術葬送(デリート)】。魔法適性のない俺がこの世界で生き抜くために作り出した秘術。

この世界には目には見えない精霊と呼ばれる存在がいる。

精霊に魔力を与えることで、彼らが力を発揮して超常現象を起こす――それが魔法。

魔法適性とは、属性を持つ精霊に適した魔力を持っているかどうかを表したもの。

例えるなら精霊たちは好物を与えられたお礼に魔法を発動するわけだ。

そして、俺に魔法適性は無い。

俺の魔力は精霊たちにとっては、いわば毒に近しい。

では、供給された魔力を上回る量の魔力が干渉するとどうなるのか。

苦しみを与えられた精霊は魔法の発動をキャンセルし、魔法自体がなかったことになる。

「これでよし……と」

ルアークたちが着ていた制服を使って身動きが取れないように縛り上げる。

あとは写真と共に学院側に突き出せば、こいつらは退学となり永遠の笑い者になるだろう。

二度と表舞台に姿を現すことはない。

売られた喧嘩(けんか)は全力で買う。ヴェレット家の力を使ってでも潰す。

「後で父上の耳にも入れておこうか」

さて、今はそれよりも……。

「体に異常はないか？」

「……っ」

声をかけると、ビクリと肩を震わせるリーチェ。

この反応も致し方ない。

助けてくれた俺を【落ちこぼれ】と呼んでしまったのだ。

罪悪感を抱くのは当然だろう。

「あ、あの……ボク……ヴェレット様に、ひどいことを言ってしまって……」

——だが、残念。俺はその罪悪感に付け込む悪い男なのだ。

リーチェは男運のないやつだよ。

目を付けたのがルアークか俺の二択しかないなんてな。

しかし、そんな同情で遠慮するほど俺は優しくない。

あえて、優しいふりをする。

「気にしなくていい。それよりも、ほら。これで前を隠せ」

ブレザーを彼女の身体に被せてやる。

飴と鞭だ。こうしてじわじわと感謝を染み込ませ、俺からの要望を断れないように仕上げる。

いつの日か俺の言うことをなんでも聞くマシロ・リーチェが出来上がるって寸法だ！

クックック……臨機応変に対応し、すぐさまこんなあくどい方法を思いつく自分が恐ろしいぜ。

「……ごめんなさい、ごめんなさい……！　ボクに……ヴェレット様に優しくしてもらう資格なんか、ないんです……っ！」

「人と仲良くするのに資格なんていらないさ」

「でも、ボクはヴェレット様を裏切って……信じてさえいれば、傷つけずに済んだのに……！」

こ、こいつ……面倒くせぇ……！

俺がもういいって言っているんだから、それでこの件は終わりなのに。

これも貴族と平民の身分の違いによる認識の違いか。もともとリーチェが責任感が強い子なのか。

……いや、その両方だな。

「ボクは……ボクは……罰を受けないと……！」

「だったら、俺のそばで、俺のために生きろ」

「……え……」

「お前はあの時、言っただろう？　俺のことを、【落ちこぼれ】だと」

あの日、彼女に貸したのと同じハンカチで涙をそっと拭ってやる。

ずっと暗く濁っていたリーチェの瞳に光が宿っていく。

「ならば、その【落ちこぼれ】のそばに永遠にいることだな。絶対に離れるなよ。無能とつるむのは疲れるだろうな。——これがお前の罰だ。異論は認めん」

有無を言わさず、話を断ち切るように俺は立ち上がった。

「ついてこい、マシロ！　俺たちの覇道はこれから始まるのだ！　はーはっはっは！」

我ながらスラスラと出てくる言葉に驚いたが……なかなかいいのでは⁉

さりげなく『お前は俺のものだ』宣言もして、リーチェが了承すれば言質も取れる。

アリスが証人になってくれるし、まさかリーチェも断るまい。

さて、リーチェの反応はどんなものか。

「ヴェレットさまぁ‼」

「うおっ⁉」

いきなり飛びつかれて不意を突かれた俺はそのまま押し倒される。

な、なんだ⁉　いきなり反逆か⁉

そんな抱き着いて、む、胸を押し付けても撤回してやらないからな！

でも、もうちょっと楽しんでおきたいから、しばらくはそのままでいてくれ！

「……オウガ様はお優しいですね」

え？　どこが？

むしろ、隙に付け込んでマシロの人生を奪った極悪人なんだが……。

アリスってやっぱりネジが一つぶっ飛んでると思う。

常人と考え方が違うんだろうなぁ。

それから俺はマシロが泣き止んで離れるまで幸せな感触を楽しむのであった。

あの後の事件の始末を簡単にまとめよう。

ルアークたちはまとめて退学となった。

当然の結果だ。

どうやらボルボンド家が動こうとしたようだが、父上が封殺してくれたらしい。

奴らは永久に『変態』という不名誉な称号を背負って生きていくことになるだろう。

ボルボンド家の汚点として存在すら疎まれているかもしれん。

全て自業自得なので同情の余地もないが。

アリスからの忠誠もさらに厚くなった気がするし、終わってみればいいことずくめだったな。

なによりもいちばんの収穫は……おっ、噂をすればなんとやら。

寮の入り口で髪を弄りながら待つ少女の姿があった。

「おはようござ……じゃなかった、おはよう。オ……オウガくん！」

こちらに気づいたマシロが駆け寄ってくる。

俺……可愛い幼馴染がいる生活も夢だったんだよね。

なので、敬語の使用禁止。様付けも禁止にした。

まだぎこちないが、これから徐々に慣れていくだろう。

小さなお願いから少しずつ大きなお願いも飲むようにしていく。

クックック、飼いならされているとも知らずにのんきに笑顔を浮かべやがって。

いつまでそんな平和な時間が続くかな……？

「おはよう。待たせたか？」

「う、ううん。ボクも今来たところだから……」

いいなぁ、このやり取り！

うんうん！　実に素晴らしい！

前世では縁のなかった展開に思わず笑みがこぼれそうになる。

こうやって努力が報われる瞬間は気持ちがいいものだ。

「あ、あのね、オウガくん。これ、返しておこうと思って」

そう言って彼女がバッグから取り出したのは、俺たちにとっておなじみのハンカチ。

そういえば……あの日、泣きすぎて顔が凄いことになっていた彼女に貸したままだったか
……。

俺はそれを受け取ろうとして、そのまま手を引っ込めた。

「オウガくん？」

「それはマシロが持っておくといい」

「えっ、でも、これってヴェレット家の家紋が刺繍されてる大切なものなんじゃ……」

「いいんだ。俺がマシロに持っておいてほしいんだ」

このハンカチを見るたびにマシロはあの事件を思い出すだろう。

俺への罪悪感を日常的に刷り込ませる。

なんという悪……！

「オウガくん……」

マシロはぎゅっとハンカチを胸に押し当てる。

「──ありがとう」

弾む声は心から嬉しそうで。

「一生大切にするねっ！」

とても幸せに満ちた笑顔が咲くのであった。

◆Stage-Sub◆　私の大切なお友達ダイアリー

リッシュバーグ魔法学院に入学して、もう一週間が経った。

この七日間をボクはきっと一生忘れることはないと思う。

人に虐げられる恐怖を。人を傷つける罪悪感を。人としての尊厳を踏みにじられる苦しさを。

――それらをすべて上書きしてくれたあの人のぬくもりも。

オウガ・ヴェレットくん。

ボクの命の恩人で、とても優しくて、強くて……女の子だったら一度は夢見る王子様みたいな人。

そんな素敵な人を、一度は助けてくれた人をボクは罵ってしまった。

魔法適性のない【落ちこぼれ】だと口にしてしまった。

言葉は時にナイフよりも鋭利なものになるとわかっていたのに……彼の心に傷をつけたのは間違いない。

だけど、オウガくんはすべてを理解した上でこんなボクに隣にいろって言ってくれた。ボクが抱える罪悪感も、過ちも、そのすべてと共に受け入れてくれた。

その瞬間、ずっと暗闇に沈んでいたボクの日常に温かな光が差し込んだ。

今も手元にあるオウガくんのハンカチ……。

まだほんのりと彼の匂いがするそれを見ると、思わず頬が緩んでしまう。

あのときは感情があふれ出て、思わず抱きしめちゃったけど……思い返すと恥ずかしくて、よくベッドで足をばたつかせてしまう。

ボクの人生はもうオウガくんのものだ。

ボクの命はオウガくんのために使うって決めた。

今まで以上にもっともっと頑張ろう。

オウガくんの後ろじゃなくて、隣に並び立つくらいの実力を身につけるために。

そして、いつかは……別の意味でもオウガくんの隣に立てるといいな！

◆Stage1-2◆ ─ 密かに進む【聖者】への一歩

汗が頬を伝って、ポタリと床にしたたり落ちる。

逆立ちの姿勢で片手腕立て伏せをしている俺は深く息を吐きながら、グッと右の指先に力を込めた。

「99……………100……………!」

両手をつき、今度は左腕に入れ替える。

同じように100回こなして1セット。

これで朝のルーチンワークは終わりだ。

「オウガ様。重りの追加はよろしいですか?」

「今日はまだこのままでいい」

「かしこまりました」

およそ10キロ相当の重りを抱えていたアリスはそっと下ろす。

現在、両足にはそれぞれ50キロずつ計100キロの重りをつけていた。

これだけのトレーニングが積めているのは世界より与えられし肉体のおかげだろう。

俺の持論だが世界はバランスを保つために極力の努力をしている。

平民は元々魔法が使えないのでなんら補填はないが、俺は貴族の血統だ。

この世界において貴族なのに魔法が使えない事実は相当不利な要素。

その補填として俺には人間離れした強靱な肉体が与えられた。

あくまでも予想だが筋から大きく逸れてはいないと思っている。

歴史に名を残した魔法使いのほとんどが運動が苦手、もしくは早逝しているからだ。

初代聖騎士団総隊長も貴族の生まれながら魔法を使わず、刀一本で数多の魔物を切り伏せたと歴史書にある。

「……私の顔に何かついていますでしょうか？」

「いや、アリスには貴族の血が入っていないのが本当に不思議だと思ってな」

「私の両親は双方とも平民の出だと記憶しておりますので………健在ならば聞くことも叶いましたが。申し訳ございません」

「謝る必要はない。何度も聞いて悪かった。どんな事象にだって例外はつきものさ」

アリスは特異的に生まれたときから脳筋ゴリラだった。

今はそう結論づけておこう。

「……よし、こんなものか」

――なんて、考えている内に目標回数に達した。

同じく回数を数えていたアリスが重りを外してくれる。

軽くなった足でゆっくりと着地して立ち上がると、今度はタオルを手に持って構えていた。

「お拭きいたします」

自分で拭いてもいいのだが、それではメイドとしての仕事を奪ってしまうことになる。

それに麗しい女性に自身の汗を拭ってもらえる……なんとも甘美な響きではないか。

やってくれるというなら甘える。

これもまた貴族だからこそできる楽しみだ。

「お加減いかがでしょうか？」

「問題ない。成長したな」

「オウガ様のおかげでございます」

業務に慣れない頃のアリスはそれはもう不器用の塊で力加減が苦手だった。

この肉体でなければ耐えられなかっただろう。

汗拭きで背中がゴリゴリと鳴る経験は世界で俺しか経験していまい。

時折当たる吐息にくすぐったさを覚えながらも上から下へと作業は移っていく。

今の俺は上半身が裸だが恥ずかしくないのは鍛え上げているからか、それともアリスの視線にいやらしさを感じないからなのか。

「では、本日も確認させていただきます」

そう言ってアリスはおもむろに俺の肉体を触り始めた。

これはアリスによる筋肉チェックだ。

バランスが悪くなっていないか。過剰な負荷をかけていないか。

アリスは聖騎士として数多（あまた）の騎士を育ててきたプロだ。戦場での経験も豊富にある。

餅は餅屋。というわけで、俺も彼女を信頼して任せている。

「………問題は見当たりません。至って順調かと」

最後に離れてから全体を眺めたアリスが下した評価は異常なし。

「そうか。ご苦労だった」

「いえ、オウガ様のお役に立てて光栄です」

「俺は汗を流す。この後は学院長に呼ばれているからな。先に伝えておいたとおり、アリスは」

「先に教室へ向かい、リーチェ嬢の護衛にあたります」

「よろしく頼む。俺が席を外す間、彼女は無防備だ」

例の一件がクラスメイトに周知されてからマシロは誰からも腫れ物のように扱われている。

それがどんな形で変化するかわからない。

俺というバックがついたとはいえ、ここの生徒連中——特に一年——はなにをしでかすかわからん。

それにアリスを同席させない理由はそれだけではなかった。

「学院長自らサシで話がしたいとお望みらしいからな。時には年長者の頼みを聞いてやるのも悪くない」

「オウガ様。くれぐれもお気をつけくださいませ」

「心配するな。アリスの危惧するような失態は犯さん」

ニヒルな笑みを浮かべた俺はそこで話を切り上げ、シャワールームへと入った。

◇◇◇◇

リッシュバーグ魔法学院は四つの棟と学生寮で成り立っている。

学生生活で主に過ごす場所となる教室が詰め込まれた本校舎。

備品などを保管する実質倉庫扱いになっている旧校舎。

魔法演習や実演などの練習場が設けられている実技棟。

これらは大規模な建物となっているが、残りの一つは使用用途が限られているため一回り小さいサイズだ。

それが教員棟。

教師たちにもそれぞれ個人の部屋が与えられており、その最上階には学院のトップである学院長室がある。

そして、寮に届けられた手紙で呼び出された俺はその学院長室のソファーに腰かけていた。

「早朝から足を運んでいただき感謝しますよ、ヴェレットさん」

向かい合っているのは顔にしわを作った初老の女性。

名をフローネ・ミルフォンティ。

【雷撃のフローネ】の二つ名は知らない者はいないと謳われるほどの数々の戦績を残してきた英雄と言っても過言ではないだろう。

彼女も寄る年波には勝てず戦線からは退いたが、正面から対峙していればはっきりとわかる。

全く衰えていない。

ヒシヒシと全身にプレッシャーを感じていた。

「それでわざわざアリスを外してまでの用件とは何でしょうか。もうルアークの一件は片付きましたよね」

奴らの退学からすでに一ヵ月が経っている。

あれから俺にはマシロ以外誰も近づかなくなったので、当然問題は起きないわけだが。

「ふふっ、今日は個人的な用事で呼んだのですよ。あなたとお話がしたくて」

ミルフォンティ学院長は紅茶の入ったカップを差し出してくれる。

彼女が飲んだのにあわせて一口含むと、凝り固まっていた筋肉が弛緩した気がした。

「どうやら緊張は解けたみたいですね」

「あなたほどの英雄と対面して、緊張しない生徒はいませんよ」

なにせ俺が目指しているのは悪徳領主。

今の段階から正義に位置する彼女に目を付けられるのは避けたい。

そんな気持ちが強く出過ぎていたみたいだ。

「あらあら、お上手。でも、私では彼女を救えなかったわ」

「彼女……？」

「マシロ・リーチェさんのことですよ。今日はそれについてお礼が言いたかったの」

彼女はティーカップをテーブルに置くと、柔和な笑みを浮かべる。

「ありがとう。彼女という貴重な才能を失わずに済んだのは、他の誰でもない。あなたのおかげです」

「俺はやるべきだと思ったことをしたまでです」

そして、欲望に従ったのは正解だった。

元来、マシロは明るい性格だったのだろう。周囲が貴族ばかりというアウェーな環境で委縮していたのかもしれない。

毎日学院でほぼ一緒に時間を過ごすにつれて、いい意味で遠慮が取れてきてボディタッチが多くなってきた。

なにより嬉しいことがあるたびに飛び跳ねたり、ときには喜びのあまり抱き着いてきたりする。

おっぱい万歳！　学院生活最高！

「一人一種。貴族ならば必ず魔法適性を持つと言われる中、何も魔法適性がない貴方には辛い思いをさせてしまうかもしれない。なので、合格を出すか悩んだのですが……あの時の私の選択は間違っていなかったようですね」

嬉しそうに笑うミルフォンティ学院長。

いいや、大間違いだぜ。

マシロはもう俺の手に渡ってしまった。

将来、好き放題されてしまう未来は確定なんだからな……！

もちろん、態度には出さないが。

「しかし、魔法適性のないあなたと正反対のリーチェさんが仲良くなるとは、これも運命でしょうかね」

「……というと？」

「マシロ・リーチェさんはあなたと真逆で魔法実技の成績が良くて入学が許可されたのですよ。もしかして、かのヴェレット家の息子であるあなたなら最初から知っていたのかもしれませんが」

「……ノーコメントで」

見逃してた！

スリーサイズと全身写真だけで決めてたわ！

まだ魔法を使った演習もしていないし、そういえば実力を知らないままだったな……。

「この世界において与えられる適性は大前提として一つのみ。これは知っていますね？」

「はい、常識ですから」

「ですが、時に複数の適性を持つ子供が生まれる場合がある。そして、リーチェさんは風と氷。二つの属性の適性を持っている。これは素晴らしい才能です。その才能の芽が摘まれずに済みました。学院を代表して改めてお礼を言わせてください」

もう一度頭を下げようとしたので、俺は手で制した。

「学院長からは一度いただきました。お気持ちは十分に伝わっております」

全然そんなつもりはなかったので、あんまり他人から褒められるとこそばゆいというか……。

そもそも善行のつもりでもないので変な罪悪感を刺激されるのは遠慮したかった。

「それでは授業が始まるので、自分は失礼いたします」

後で教室に戻ったら、マシロの魔法を見せてもらおう。

そんなことを考えながら、学院長室を後にするのであった。

「……あれがオウガ・ヴェレット」

魔法学院の入学試験において史上初『筆記試験』で満点を叩(たた)き出し、『実技試験』を0点で合格した男。

突出した才能を求めるうちでなければ不合格だっただろうな。

この目で確認しておきたかったから呼び出したが……なるほど、面白い人物だ。

あの男……最初、私を警戒していた。

ただの生徒なら緊張だったと流す場面だが、あいつは【雷撃のフローネ】と呼ばれる英雄の私を。

隠密(おんみつ)。情報収集。情報戦に長(た)けている一家だ。

どこかで私について怪しい噂(うわさ)を耳に挟んだのかもしれない。

今後は一層足取りを残さないように気を付けなくては。

「それにしても厄介なところの庇護(ひご)下に入ったものだねぇ、まったく」

まさか実験道具にする予定だったマシロ・リーチェを奪われるとは。

これも全てあのボルボンド家のバカのせいだ。

いくら貴族が平民の上の立場だからといって、入学して早々問題を引き起こすバカがいるか？

「……ふん。まぁ、いい。思わぬ収穫もあった」

ボルボンド家のバカ息子が事情聴取で発言したある一言。

『俺の魔法が消されたんだよ！　本当だ！　あいつは魔法が使えないと嘘をついている！』

魔法を消す魔法？

ふざけないでもらいたい。

貴族がどうして貴族でいられるか。

それは魔法適性の有無だ。

時に平民にも突然変異で魔法適性を持つ者も生まれるが、数で言えば圧倒的に少ない。

故に平民は貴族に反乱を起こさない。いや、起こせない。

もちろん貴族だってただ税収で暮らしているのではなく、魔物の討伐などを行い対価として平和を提供している。

それでも不満というのは溜まるものだ。

もし、そんな魔法を無効にできる技術が広まってしまえば、世界の秩序は乱れてしまう。

「ヴェレットたちはみなそろって魔法は使っていないと口裏を合わせている。だが、これがもし事実ならば……」

入学時の書類によれば奴の側近は平民出身。

あのメイドも怪しいものだ。まだ写真でしか顔を確認していないせいで断言はできないが、見覚えがある。

彼女が追放された後、どうなったのか。後で調べておくとしよう。

だが、これでもし私の予測が当たっていたとしたら？

片や剣の腕一つで聖騎士団総隊長まで上り詰めた化け物。

片や世界において希少な複数魔法適性保持者（デュアル・マジックキャスター）。

とんでもない力がオウガ・ヴェレットのもとに集まったことになる。

「魔法適性が無いゆえに貴族社会において民草の苦しみを正しく理解できる男、か……」

奴（やつ）は何をもくろんでいる？

民衆の英雄となろうとしているのか。案外、女を囲っていい気になりたいだけのバカかもしれないな。

「……ふふっ、それはないかねぇ」

目的は見えてこないが、長年追い続けてきた私の夢の障害になりうる可能性がある。

ならば、排除せねばならない。

「――レイナ」

「はい、学院長」

名前を呼べば、学院長室からつながっている別室で待機させていた薄桃色の髪の少女が出てくる。

「あなたには彼の監視を任せます。彼の生徒会への推薦も出しておきましょう。そちらの方が生徒会長のあなたも楽でしょうから」

「ふふっ、ご配慮いただき嬉しいですわ」

相も変わらず目が笑っていない微笑み。

四六時中、ずっと作った表情を貼り付けている。

我が弟子ながら気持ち悪い子だ。才能がなければ、あのときに拾いすらしなかっただろう。

「もし、彼が怪しい動きを起こしたならば……わかっていますね？」

「承知いたしております。レイナ・ミルフォンティの名に懸けて――彼の人生を終わらせます」

◇◇◇◇◇

魔法学院の教室は広大で、生徒二人で一つを分け合うテーブルが前後に余裕ある間隔で配置されている。

その最後方には私のような付き人が授業中、邪魔にならないように待機するスペースが設けられていた。

カチカチと秒針の音が、喧騒の中でもはっきりと聞き取れる。

一秒が長い。

授業開始が近づく中、私は敬愛なる主の帰りを待っていた。

「オウガくん、どうかしたんですかね？」

話しかけてくるのはオウガ様が救い出した少女、マシロ・リーチェ嬢。

この学院において第一にオウガ様が欲しがった人材でもある。

数多くの名家の子息子女が集まる中、どうして彼女がと思う者もいるだろう。

しかし、彼女が【複数魔法適性保持者】と知れば誰もが納得するだろう。

ヴェレット家の調査によって情報を摑んでいたオウガ様は他には目もくれず、彼女を口説き落とした。

これでまたオウガ様に優秀な人材が集まり、オウガ様の目指す正義実現に一歩近づく。

流石はオウガ様。

「オウガ様にも心当たりが無いようでした。残念ながら、帰ってこられるまで待つしか知る術はありませんね」

もちろん嘘である。

呼び出された理由は二つほど推測できる。

一つ、フローネ・ミルフォンティが私の正体に気づいた。

彼女は顔が広い。

人類の英雄の一人として数えられる彼女は後継者の育成にも注力しており、様々な場所へと頻繁に顔を出していた。

当然、聖騎士団にもたびたび訪れており、私も幾度か会話を交わしている。

もう一つ。厄介なのは、こちらだ。

オウガ様の【魔術葬送(デリート)】について何か勘付いたか。

私たちは口裏を合わせ、【魔術葬送(デリート)】については隠した。

しかし、あのボルボンド家のクソ虫はそうもいかない。

相手がただの魔法使いならボルボンド家のクソ虫のたわごとと切り捨てるだろうが……。

フローネなら万が一を予測して、オウガ様に探りを入れる可能性がある。

なにせ【魔術葬送(デリート)】は世界をひっくり返す技術だ。

せっかく近年は魔族との領地争いが落ち着いてきたのに、今度は貴族と平民の人間同士の争いが勃発してしまう。

戦場に立ち続けたフローネは新たな戦争の火種にならないように動いてもおかしくない。

そして、これらは脳筋とよく言われた私でも思いつくことだ。

オウガ様なら全て見通したうえでリーチェ嬢に気を遣ったのだろう。

【魔術葬送(デリート)】を彼女を助け出すために使った事実に対して自分自身を責めないように。

流石(さすが)はオウガ様。

「……もうすぐ授業が始まってしまいますね」

「ミルフォンティ学院長は生徒を授業に遅刻させるような方では……なかったみたいですね、リーチェ嬢」

「あっ、オウガくん！」

リーチェ嬢が名前を呼んだ瞬間、教室内が一気に静かになる。

オウガ様は良くも悪くも目立つ方。

入学当時から魔法適性のない、コネで入学した——当然そんなことはできないとわかったうえでの悪口だ——悪徳領主の息子とバカにされていた。

だが、リーチェ嬢をいじめから助け出したことで風向きが変わり始めている。

今の彼ら彼女らは無能と嘲笑していた人物の善行を知って、罪悪感を抱き始めている頃合いだ。

このままオウガ様がオウガ様らしく生き続ければ、いずれは我が主をバカにするものはいなくなるだろう。

「おかえりなさいませ、オウガ様」

「おかえり、オウガくん。どんなお話してたの？」

「ただの雑談だ。それよりも今はしたいことが一つある」

オウガ様はそう告げると自身のスクールバッグを手に取り、そのまま外へと出ようとする。

「オ、オウガくん？　今から授業だよ？」

「サボる。もちろんマシロもだ。ついてこい」

「え、えぇっ⁉」

「実技棟に向かう。見ておきたいことができたからな」

「ま、待ってよぉ！」

驚いてはいるがリーチェ嬢の行動に迷いはない。

机に広げていた教材をバッグに詰め込むと、オウガ様の隣に並ぶ。

ふふっ、彼女の忠誠心も相当なものだ。

さて、私も後に続こうじゃないか――

「アリスは俺たちが体調不良で欠席すると先生に伝えてから来てくれ」

――泣いた。

◇◇◇◇

「ま、待って、オウガくん！」

駆け足気味に歩く俺たちの足音が廊下に響く。

マシロが複数の魔法適性を持っているなんて知らなかった。

彼女に限っては写真を見た第一印象だけで決めていたから。

「でも、どうしたの急に。実技棟に行きたいだなんて」

「二つの属性の魔法を同時に使うとは、どんな感じなのか気になってな」

フローネ・ミルフォンティに目をかけられるほどの実力はどんなものか把握しておきたい。

別属性の魔法を同時に扱えるのか。

魔力の消費量は変わるのか。

どんなイメージで魔法を発動させるのか。

元々、俺は魔法適性が無いハンデを埋めるために様々な知識を叩き込んでいた。

マシロの魔法を見れば、また新たな技術を思いつくかもしれない。

それにサボリも一度はしてみたかった。

ちょうどいい言い訳もできて、やらない理由はなかった。

「えっ？　じゃあ、オウガくんはボクの魔法適性のこと知らなかったの？」

「そうだが？　何か悪いか？」

べべべ別に？　むしろ、これでマシロに最初から調べていたとは気づかれないし？

俺の作戦通りなんだが？

誰にしているのかわからない言い訳がポンポン出てくる。

「ううん、最高！」

満面の笑みになった彼女は腕に抱き着いてくる。

訳が分からなかったが、おっぱいが最高なので深く考えなかった。

「ここか」

「うわぁ。間近で見ると、結構大きいねぇ」

しばらく歩けば実技棟の入り口に着いた。

本校舎も十分な大きさだが、その何倍もあるのが実技棟だ。

実際に魔法を使うため、小さな密閉空間では暴発などの事故が起きてしまえば多大な被害が発生する。

生徒の安全のためにも十分な面積が確保されており、全部で六つのエリアで構成されている。

「よし、入るか」

「うん！　オウガくんに格好いいところ見せてあげるね！」

意気揚々と中に入ろうとする俺たち。

しかし、扉は一向に動かなかった。

「あ、あれ？　なんでぇ？」

「……これは魔法で鍵をかけてあるな」

幼い頃から肉体を鍛え続けた俺は力には自信がある。

アリスを手にしてからはよりハードなトレーニングを積んできた。

確かに扉は分厚く見えるが、それでも微動だにしないなんてことはないだろう。

つまり、何らかの事情があって開かないようになっていると考えるのが妥当か。

「ふんぬぬぬぬ……！」

隣でマシロが顔を真っ赤にして頑張っているが、無駄に終わる。

校内での許可のない魔法の使用は禁止。

実践のカリキュラムが組まれているのはひと月以上先。

そこまでお預けを喰らうなんてありえない。

どうにか抜け道は無いか。

いっそのこと外壁から登ってみるか。

そんな無謀な案の採用を検討し始める。

すると、思考を遮るように透き通る声が耳に届いた。

「一年生だけでの実技棟への立ち入りは禁止ですよ、お二人さん」

振り向くと、腰まで伸びた薄桃色の髪を揺らす人影が一つ。

俺たちとは違う白色の制服に身を包んだ彼女は、その優雅な立ち振る舞いからまるで天使のように映る。

十人いれば十人が目を奪われる美しさ。

俺もまた彼女を見つめてしまう。

「初めまして。私はレイナ・ミルフォンティ。栄えあるリッシュバーグ魔法学院の生徒会長を務めている者です」

だけれど、俺を惹きつけたのは彼女の美しさではない。

深い黄色の瞳。

彼女の瞳は転生前の俺みたいで、まるで生気が感じられなくて。

「仲良くしてくださると嬉しいです、ヴェレット君、リーチェさん」

浮かべる表情と告げる彼女の感情が一致しない違和感を覚える。

レイナ・ミルフォンティ。

フローネ・ミルフォンティの一番弟子にして、一年時から魔法学院の生徒会長を務めるホープ。

次世代を引っ張る若者として国民からの期待も大きい。

麗しき容姿、とびぬけた才能からついた二つ名が【神に愛された子】……か。

写真で見た時と実物を前にした今とで、ずいぶん受ける印象が違うものだ。

俺は魔法が使えない分、肉体トレーニングにも力を入れている。

骨格。各部位の使い方。筋肉の連動。

いつでも十全以上の実力を発揮できるように知識も蓄えていた。

だから、わかるのだが、なんだか体格に対して不自然に胸がおおき――。

「――そんなに見つめられては恥ずかしいです」

「……っ！」

視線が下へと移動した一瞬で眼前まで距離を詰められた。

始動が見えなかった……⁉

視界にとらえていたのに……！

動揺をさらけ出しては格好悪いので、なんとか平静を保ちつつ言葉を返す。

「思わず見とれてしまっただけだ。気にしないでくれ」

「わぁ……ふふっ、お上手ですね。リーチェさんが口説き落とされたのも納得がいきます」

ですが、と彼女は続ける。

「もう少し笑って言ってほしかったです。こわばってますよ。笑顔がいちばんです」

クイッと俺の頬を持ち上げるミルフォンティ。

……ふん、よく言うぜ。

笑ってない、いのはどっちなんだか。

この指舐めたらどんな反応するんだろうな。

「ご教授どうも」

「素直な子が私は好きですよ」

「気が合うな。俺もだ」

視線が交わりあい、バチバチと火花が散る。

重たい静寂。破ったのは一人置いていかれていたマシロだった。

「えっと……その、喧嘩はダメですっ……！」

俺の腕を引っ張って、生徒会長から引き離してくれるマシロ。

おっぱいに挟まれたおかげで、冷静さを取り戻した。

そうだ。こんなところでやりあっても意味がない。

俺は楽して異世界生活を楽しむのだ。

向こうから話しかけてきた今、縁を作るには絶好の機会じゃないか。

ここで良い印象を植え付けておけば、将来的に俺が悪事を働いていても疑われにくくなるはず。

「ありがとう、マシロ。落ち着いたよ」

「ううん。それならよかった」

「ミルフォンティ生徒会長、数々の無礼失礼しました」

「……いいえ、気にしないで。私は魔法学院の生徒の長。期待の新人のお二人とこうして交流できて嬉しいですよ」

ニコニコと笑顔で彼女は許してくれる。

「しかし、怒らなければならないのも事実です。どうして二人はこんなところにいるのでしょう？　今の時間は授業中のはずですよね？」

「え、え〜と、それは……」

「授業が退屈だったので、もっと有意義に時間を使おうと思いました」

「オ、オウガくん⁉」

素直な子が好きと言っていたので、ぶっちゃけてみる。

幼い頃から魔法理論漬けだった俺からすれば退屈だったのは事実だ。

「あははっ。確かにヴェレット君にとっては苦痛かもしれませんね」

「ミルフォンティ生徒会長も同じ想いをしたのでは？」

「秘密です。ですが……こういうのはどうでしょう？　私による実技講座、なんて」

「……！」

「せ、生徒会長さんのですか⁉」

【雷撃のフローネ】の一番弟子である彼女自らの講義。

きっと俺でも思いつかない年月が染み込んだ技術があるはず。

どれだけの大金を積めば叶うのかわからない機会が突然降ってわいてきた。

「実技棟に来たということは魔法の練習をしようと思ったのでしょう？　可愛い後輩のためなら別に私は構いませんよ」

パンと手を合わせて小首をかしげる。

「実はお二人とは前からお話ししてみたいな〜と思っていたのでちょうどいいですしね」

生徒会長は俺たちの手を握りしめる。

彼女の小さな手は思っていたよりも力強く、硬かった。

「少しタイミングが早くなってしまいますが……遠くないうちに私から接触するつもりだったんです。新入生いちばんの知識を持つヴェレット君と複数魔法適性保持者(デュアル・マジックキャスター)のリーチェさん」

……なるほど。

「私はお二人を生徒会に勧誘したいと思います」

そう来たか。

彼女の目的が読めた俺は興奮がスッと引いていく。

クックック、危なかったぜ。危うく魔法オタクの血が騒いで正確な判断が出来なくなるところだった。

ズバリ彼女は怖いのだ。

……この天才たる悪の俺がな！

「お断りします」

はっきりと拒絶の意志を告げる。

生徒会長の真意は俺を自分の眼(め)の届くところに縛り付けること。

マシロが俺の手に落ちたことで危惧し、先に封じに来たのだろう。

なにせこのままだと優秀な人材が悪徳領主になる予定の俺の下でこき使われることになる。

そうはさせまいと近づいてきたのだろうが、そうはいかないぜ。

こんな風に優しいふりして近づいて、油断したところを襲う。

野蛮な肉食動物だなぁ、生徒会長さんよぉ。

「……理由を聞かせてもらっても？」

「今は自分のやりたいことに力を注ぎたいので」

「生徒会に入ればヴェレット君の評判は反転しますよ？」

「俺はこれっぽっちも気にしていないです」

「……そうですか。それは残念です」

俺の意志が固いと踏んだのか、生徒会長は引き下がる。

「ですが、私はいつでもあなたたちを待っていますよ。気が変わったら、遠慮なく声をかけてくださいね」

彼女は俺たちの手をそっと離すと、そのまま間をすり抜けて実技棟の扉に向かって歩く。

「さぁ、どうぞ。私が付き添いでいれば実技棟に入れますから」

これも俺の実力をはかるための提案。

当然受けるわけにはいかない。

「いえ、お断りした手前そこまでしていただくわけにはいきません。自分たちは諦めて、教室に戻ります」

「そ、そうだね。すみません、生徒会長。せっかくのご厚意を無下にしてしまって」

「……遠慮なさらずともいいのに」

「オウガ様ー！　お待たせしましたー！」

ちょうどいいタイミングでアリスの声が聞こえる。

「連れが呼んでいるので、自分たちはこの辺りで失礼します」

生徒会長に背を向けて、その場を去る。

足音はついてきていない。

マシロの実力を見れなかったのは残念だったが……。

「オウガ様？　実技棟には向かわないので？」

「ああ、実は……」

歩きながら、アリスに事の顛末を話す。

すると、彼女はポンと手を打った。

「それでしたらオウガ様。一つちょうどいいお話がございます」

「いい話……？　聞かせてくれるか？」

「私の知り合いに孤児院を経営している者がいまして、実はその土地を狙っている輩がいるらしいのです。最近そいつらの嫌がらせが激しいみたいで……本当は私とオウガ様の二人で担当しようと思っていたのですが、リーチェ嬢も実戦経験を積むという意味でも参加しませんか？」

「ほう……悪くないな」

確かに学院外なら魔法を使っても問題ない。

マシロにも安全な位置から協力させれば実力を知れるだろう。

勝手に俺を数勘定に入れているのは納得いかないが、どうせ俺も出向かう羽目になっていただろう。

なんせアリスだけに任せたら、その悪党を利用する前に全員殺してしまうはず。

将来的に様々な収入ルートを確保しておきたい俺としては阻止せねばならない。

ここまででも一石二鳥だが、もう一つ利点がある。

それは孤児院に恩を売れるということ。

孤児院には身寄りのない子供たちがたくさんいるはずだ。

つまり、労働力の確保である。

悪党どもから助けた恩人である俺の言うことなら無条件で信じてしまうはず。

アリスに内緒で、契約書にでもサインさせてしまえば、もうこっちのもの。

クックック……悪いな、見知らぬ子供たち。

俺の明るい未来のための糧となってくれ。

「マシロ。お前は大丈夫か？」

「う、うん……！　いつかはそんな日が来ると思っていたし……私もオウガくんの役に立ちたいから！」

本人もやる気。なら、話は決まりだ。

「決行は週末の休日だ。向こうに連絡しておけ」

「はい！　オウガ様の未来のために一緒に悪党をぶっ殺しましょう！」

満面の笑みでそう告げるアリスにマシロはちょっと引いていた。

慣れろ。

こいつはこんな奴だ。

◇◇◇◇

真っ暗闇の部屋。

カーテンも閉め切られ、外からの光も差さない生徒会室。

何者も入ってこない一人きりの空間で、私は写真立てを見つめていた。

「面白い子でしたね、ヴェレット君」

鮮明に浮かび上がってくる先日言葉を交わし合った少年の姿。

飾られた写真に写っている彼との邂逅を思い返す。

第一印象をよくするために、いつもより多めに詰めたのにすぐバレてしまった。

おっぱい大きい子が好きな彼には効くだろうと思ったんだけど。

……私も別に小さくないけど、決して。

視線を下げれば、視界に入るちょっとした隆起。

「…………ふん」

指摘された事実が面白くなくて、写真立てをピンと指ではじいた。

「……やっぱり隠しましたね、噂のマジック・キャンセル」

自分は間違いなく自然な流れを作った。

接触する機会をうかがって、ずっと授業を休んで見張っていたから事情もおおかた把握できていた。

違和感は与えなかったと思う。

狙いがヴェレット君の特殊な技術にあるとは悟れないはずなのに……。

まさか彼はあの事件を収束させた時から先生が目を付ける可能性に至っていたというの？

だけど、もしそうなら最初からやけに好戦的だったのにも納得できる。

「生徒会勧誘まで断られると思いませんでしたが……徹底的に隠匿するつもりでしょうか？」

だったら、どうしてボルボンド家のバカ相手に使った？

導ける理由はリーチェさんはマジック・キャンセルを使ってでも自分の手で助けたかったということ。

それは希少価値がある彼女に忠誠心を植え付けるため。

彼女を自らのイエスマンにするのが目的……かな。

いくら巨乳好きとはいえ、まさかリーチェさんのおっぱいが大きいというだけで自分の切り札を晒すバカではないだろう。

「掌の上で転がされていた」

あんな絶妙なタイミングで付き人がやってきたのも仕込みに違いない。

付き人のアリスさんは普段は彼にベッタリだそうだから。

しかし、私を使って探らせるところまで読んでいるとは……。

「いるんですね、生まれながらの天才って」

私とは大違い。

きっとこのまますくすく育てば、彼は歴史に名を刻む魔法使いになる。

いつか【雷撃のフローネ】に並ぶ英雄になるかもしれない。

それだけの素質を数分の会話でわからせられた。

「だけど、ごめんなさい」

つまんだ写真立てから指を離す。

カタンと音をたてて落ちたそれを、足で踏み抜いた。

「先生の代わりになるのはレイナ・ミルフォンティの存在意義だから」

あ〜あ、先生が出張から帰ってきたらなんて報告しよう。

怒られるの嫌だなぁ。

「もう慣れたけど」

怒鳴られるのも。殴られるのも。弄られるのも。

「……彼、何しているのかしら？」

先ほど処理した一枚の紙を手に取る。

外泊許可申請書。

生徒が学院の外に出るために必要な用紙に記載された記憶に新しい三人の名前。

申請理由にはボランティア、と書かれていた。

◇◇◇◇◇

「オウガ様。ご気分はいかがですか？」

「ああ。これくらいの揺れは慣れっこだ」

「わ、私は不味いかも……うっぷ……」

「おいおい……」

明らかに顔色が悪いマシロの背中をそっと撫でる。

馬車に乗って最初の数十分は元気そうにはしゃいでいた彼女だったが、だんだんと繰り返される揺れに耐えきれなくなっていた。

「馬車に乗る機会などめったにないですからね。私も昔は同じように苦しみました」

聖騎士時代の思い出を懐かしみながら、アリスは布でバッグをくるんで簡易枕を作る。

「手狭ですが、こちらで横になってください。少しはマシなはずです」

「うぅ……ありがとうございます……」

俺の隣に座っていた彼女はゆっくりと立ち上がり、アリスと席を入れ替わろうとする。

そんな彼女を横目に俺は窓の外に流れる景色を見ていた。

俺たちが向かっているのはイニベント。

特徴がないのが特徴といった、王都の外れにあるありふれた小さな街だ。

王都といっても街のすべてが栄えているわけじゃない。

中心から離れれば離れるほど、どんどんと田舎になっていく。

つまり、整備されていない道も増えるわけで。

「あっ」

ガタンと激しく上下に揺れる馬車。

立ち上がっていたマシロはフラフラとこちらへと倒れてくる。

バランスを崩した彼女はもろに俺の腹へと頭をぶつけた。

それがトリガーだった。

「……おぇぇぇぇぇ」

「あぁっ⁉　オウガ様の服がぁぁぁ⁉」

同級生が出しちゃいけないものを出す音とメイドの悲鳴が馬車内に響くのであった。


「ごめんなさい、ごめんなさい、ごめんなさい！」

「何度も言っているだろう？　大丈夫だ。というか、そんなに激しく揺らしたら……」

「……うぷっ……」

「……あそこで吐こう」

「うぅ……ごめんねぇ……」

誰が好き好んでゲロを朝から見なければならないのか。

イニベントに到着した俺たちはアリスの案内に従って、街中を歩いていた。

街は閑散としておりあまりにも活気がなく、本当に人が住んでいるのかと疑いたくなる。

「リーチェ嬢。どうぞ私の背中に……」

「うぅ……すみません……」

そんなやりとりを挟んで、今は気遣ったアリスがマシロを背負っていた。

「……嫌がらせが横行しているのは事実なんだな？」

「かねて受けていた相談でした。私に嘘をつく意味を知らない者ではありません」

「それならいいんだ」

アリスに悪事をでっち上げるなんてしたら一刀両断されそうだもんな。

だが、そいつらの狙いはなんだ？　はっきり言って旨味があるようには思えない。

こんなにくたびれた街の土地の価値なんてほとんどないだろう。

いまいち要領が摑めない気持ち悪さを抱えながら、俺たちは足を進める。

「そこの角を右に曲がれば、孤児院に着きます」

「ずいぶんとはっきり覚えているな。地図も見ていないのに」

「何度か通っていましたので。ほら、きっとみんなが出迎えて――」

そこで言葉は途切れる。

なぜなら、飛び込んできた光景はオレンジ色の髪をした女性を突き飛ばした男たち五人という構図だったからだ。

「……どうやらさっそく俺たちの出番みたいだな」

すぐに駆け出すと、俺はその勢いのまま男たちに跳びげりを喰らわせる。

「がはっ⁉」

思いがけないところからの攻撃をもろに喰らった男たちはドミノのようにまとめて倒れた。

アリスは彼女の友だちであろう女性の安全を確保している。

「な、なんだぁ！　てめぇら‼」

すぐさま戦闘態勢に入る悪党たち。

対して、俺も構えを取る。

「俺たちはお前らを潰しに来たのさ」

「おいおい、冗談が許されるのは赤ちゃんまでだぞ、クソガキが」

「見逃してやるからお家に帰って、ママのおっぱいでもしゃぶっときな」

「オレはそこのお嬢ちゃんたちのを舐めたいけどな！」

ギャハハハとこだまするガラの悪い笑い声。

不愉快な奴らだ。

とりあえずここでシメて、その口を黙らせてやろう。

だが、俺の拳よりも先にあいつらの口を閉じさせたのは、アリスの迫力ある大声だった。

「貴様ら！　この方をどなただと心得ている！」

彼女は俺の前に立つと片膝をつき、どこから取り出したのか紙吹雪をまきはじめる。

ヒラヒラと舞い落ちる紙で桃色に染まっていく足元。
ア、アリスさん？
恥ずかしいからやめてほしいんですが……。

「この世のすべての闇を払いのけ、光を届けてくださる！　すべての悪を断罪し、正義のもとに生きる【救世主】！」

まるで普段から同じやり取りをしているかのようにスラスラと出てくる口上。

「オウガ・ヴェレット様だ!!」

そして、高らかに俺の名前を宣言した。

アリスが。

「…………」

あっ、やめて！　この沈黙はすっごい辛い！

やばい奴を見るような目はするな！

後ろにいるアリスの知り合いさんもだよ！

お前、こっち側だろうが！

「…………」

アリスのせいで静まり返った空気。

唯一、アリスだけ満足気にふんぞり返っている。

「ふっ、オウガ様の威光に恐れおののいたか」

絶対に違う。

恐れていても別の意味でだ。

奴らが感じているのは、いきなり理解できないヤバイ奴が現れた時の恐怖。

「オウガ様」

何かを期待しているみたいな視線をこちらに向けてくるアリス。

え？　まさかここから俺に何かを言えと？

鬼か、お前。

「……クックック」

全員の視線が俺に集中しているのがよくわかる。

考えろ、オウガ・ヴェレット。

己の目的を思い出せ。

今回はいい人のフリをして孤児院に近づき、ここにいる孤児たちを労働力として確保することだ。

恩を売るために来たんだろ。

だが、心の根っこから悪に染まった俺が善人になりきれるわけがない。

中途半端な演技をしても、嘘が露見するだけ。

ならば、するべきは一つ！

「そう、俺はこの世の悪を救う【救世主】」

正義の味方をしている自分に酔いしれるヤバイ男になりきることだ！

「お前らのこれまでを許し、俺の名において救ってやろう」

胸の前で十字を切り、そのまま突如として始める。

「ここがお前らの悪の終着点だ」

ど、どうだ……？

チラリと後ろを見やる。

「すべてを救う【救世主】様……」

ダメだった……！

あぁ、もう女の人も引いちゃってるじゃん……。

おかしくない？　助けてる側だよね、俺。

くっ……！　せっかくスマートに助け出し、クールに解決しようと思ったのに……！

第一印象がこんなのでは俺の作戦も失敗――

「とても素敵です……！」

――あっ、違うわ！　こっちもやべぇ奴だったわ！

思わず振り返ると、彼女は恍惚とした笑みで己の肩を抱いて震えている。

「どんな罪を犯そうと、どれだけ汚れた身に堕ちようとも、手を差し伸べられる……あぁ、なんてすばらしき愛なのでしょう！」

「だろう？　オウガ様が断罪することによって、誰にも裁かれずに生きてきた奴らも更生する機会が与えられるんだよ」

「えぇ……優しきお方。さすがはあなたが仕えるにふさわしいと判断した貴族様ですね」

類は友を呼ぶ。

よく考えれば悪人絶対殺すウーマンのアリスと友達になれる人物。

そんな奴がまともなわけがなかった。

「ちっ、なんだと思えばガキの遊びか」

「はいはい、すごいすごい」

「大人に喧嘩を売っちゃダメですよ～？」

明らかにバカにしている態度。

ニヤニヤと俺を嘲り笑っている。

我慢だ、我慢……。

今の俺は【救世主】……。慈悲深き男……。

目標のためなら、どんな罵倒だって我慢できるさ。

「ふん、だったらよぉ」

さきほど蹴り飛ばした男がナイフを抜く。

奴はそれをペロリと舌で舐めると、切っ先をこちらに向けた。

「俺たちも救ってくれよ、【救世主】様ぁ！」

「ぶっ殺す！」

俺は勢いよく飛び出した。

「私も！　私も救ってください、【救世主】様ぁ！」

あとであっちもしばく！

「当たったら痛いぞ、おらぁ！」

「当たれば、なっ！」

まっすぐ突き出されたナイフ。

俺がビビって動きが止まるのを予測したのだろうが、おあいにくさま、すでに実戦には慣れている。

入学する前に行ったアリスとの戦闘訓練では刃を潰した物とはいえ、本物の剣を使って追いこんでもらった。

魔法が使えない以上、肉弾戦もこなさなければならない俺にとっては必須だった戦闘訓練。

おかげで凶器に対しての恐怖感はほぼ皆無だ。

「なにっ⁉」

馬鹿正直にまっすぐ出してくれた腕を内側から回し受ける。

軌道が逸れたナイフは当然当たらないし、奴は身体を無防備にさらした格好になった。

「己がしたことを反省するんだな」

「がふっ⁉」

わき腹へと左のボディブローを埋め込んだ後に、前に沈んだ顔面を右ストレートでたたいて意識を刈り取る。

倒れてくる男を払いのけると、他の奴らも各々の武器を取り出していた。

「挟め！」

一人倒されたことで先ほどまでの油断はなくなり、連携を取ってくる。

「死ねぇ！」

「斬り刻んでやらぁ！」

頭部と腹部めがけて振り回される凶器。

だが、甘い。狙うなら腹じゃなくて、足だ。

「下のスペースが安全地帯になってるぜ」

しゃがみこんで躱す。

地面に手をつき体を上下反転させると、そのまま奴らの顔面を蹴り抜いた。

「あがっ⁉」

「おごっ⁉」

残るは二人。

「く、くそ！　こんな奴らがいるなんて聞いてない！　おい、ずらかる」

「ぎゃぁぁぁぁぁあっ⁉」

「ひいっ⁉」

言葉を遮る断末魔。

先回りして逃げようとしていた男にアリスがアイアンクローをかましていた。

メキメキと明らかに鳴ってはいけない音が聞こえる。

「……ぁ……あっ……」

捕まっていた男は泡を吹いて、白目をむく。

そのまま俺が伸した奴らの上に重なるように放り投げられた。

「……お前も逃げるか？」

ニィと口端をつり上げるアリス。

……あいつ絶対正義の味方より悪役の方が似合ってると思う。

そういう意味では俺の部下になったのも運命かもしれない。

「あなたたちに【救世主】様の裁きがあらんことを……」

そして、倒れた男たちの前で膝をつき、祈りを始めるやばい女。

「な、なんなんだよ、てめぇらはよぉ⁉」

「俺が聞きてぇよ！」

「ぐはぁっ⁉」

思いをこめて右頰を撃ち抜く。

うろたえて正常な判断ができなくなっていた奴は避けられず、力なくダウンする。

こいつらは見るからに下っ端。

釣れるかどうかはわからないが、情報を吐かせるためにも縛り上げておくか。

「アリス」

「かしこまりました」

アリスは男たちの服を引きちぎると布代わりにして手足を縛っていく。

……今気づいたけど背中でマシロが気絶してる……。

……あぁ、友だちの女性と悪党どもの間に割り込むために走った時か。

ある意味、こんな光景を見ずに済んでよかったかもしれない。

気を遣ってフォロー入れられるのがいちばん心に来るだろうから。

「ヴェレット様。立派な【救裁】でした」

「変な造語はやめてくれ」

俺、別にそんなキャラじゃないから……！

アリスが勝手に理想の俺を語っただけなんだ。

気まずい空気の圧に負けて、それに乗っかって演技をしただけなのに……どうしてこんなことに……。

しかし、彼女は気にした様子もなく自己紹介を始める。

「私の名前はミオと申します。まさか本当に貴族様が来てくださるとは……アリスさんに聞いていた通り、とても愛のある方なのですね」

そう言うと、彼女はぎゅっと指を絡ませるようにして俺の手を握りしめた。

「大したおもてなしは出来ませんが、当孤児院はヴェレット様を歓迎いたします」

……ただ労働力目当てで来たのに、もっと厄介な沼に片足を踏み入れた気がする。

そんな予感がする出会いの一幕だった。

「どうぞ。貴族様を招待するには、あまり立派な建物でもございませんが」
謙遜しているが、一人の女性が所有するには十二分な大きさだ。
見上げれば三階は余裕でありそうな高さが確認できる。

「そんなことはないだろう。一般市民が手に入れるには苦労しそうな大きさだが」

「イニベントを離れる老夫婦が善意で譲ってくださったのです。前はもっと小さくて、子供たちに窮屈な生活を送らせてしまっていました」

招き入れられ、ドアをくぐる。

子供たちが一堂に会して食事ができるテーブルとおもちゃや教材が混在して散らばっているスペース。

そこの端っこに身体を寄せて集まっている子供たちがいた。

少年少女たちはミオの顔を見ると、わぁと声を上げて一斉に彼女に抱き着く。

「シスター！」

「ミオ姉ちゃん！」

「ふふっ。みなさん、もう大丈夫ですよ」

……こういう姿は普通なのになぁ。

さきほどまでの彼女との違いに腑に落ちないでいると、子供たちの視線がこちらに向いていた。

「クリス――」

「ごほんっ！」

アリスがわざとらしい咳ばらいを入れると、子供たちは何かに気づいたように口を手でふさいだ。

「あっ、そうだった……！　ごめん！　アリスお姉ちゃん！」

「遊びに来てくれたの⁉」

そういえば子供たちと面識があるんだったか。

アリスは近づいてくる子供たちの頭をヨシヨシと撫でている。

「ひと月ぶりか。元気にしてたか？」

「うん！　いっぱい剣の練習もしたんだよ！」

「そうかそうか」

「もしかしてアリスお姉ちゃんが悪い奴らを倒したの⁉」

「いいや、違うよ。今回助けてくれたのは、私のご主人様だ」

アリスからパスを受けて、子供たちの注目が集まる。

全部合わせて十人か。個人で経営していることを考えれば十分な人数だな。

こいつらは将来、俺の部下としてボロボロになるまで働くのが確定している。

さて、第一印象が肝心。

ここは一つ、威厳を持たせて上下関係を叩き込んでやろうじゃないか。

「我が名はオウガ・ヴェレット。ヴェレット公爵家の長男だ。我が剣であるアリスの願いを聞き入れ、お前たちを保護するためにやってきた。お前たちはもうすでに俺のものというわけだ。

今日からこの孤児院は俺の名において安全が保障される。感謝するがいい」

パチパチと響くアリスとミオの拍手。

こいつらは俺が何をしても褒めたたえそう。

なんなら生きているだけで偉いと甘やかすレベルに達していそうなので無視。

さて、子供たちの反応はいかがなものか。

ふっ、なにせ俺は貴族だ。

こいつらにとっては初めて見るレベルの衣装に身を包み、高貴な雰囲気をまとっている人間。

尊敬のまなざしを受けるのは間違いない。

いいだろう。どんなに礼儀のなっていない言葉遣いでも俺は許そう。

さぁ、感謝の言葉を浴びせて俺を気持ちよくさせるがいい！

「えー、弱そうー」

「アリスお姉ちゃんの方が格好いいー」

「本当に貴族なの？　同じ子どもじゃん」

…………。

「コ、コラ！　お前たち！」

「えー、だってー」

「貴族ってヒョロヒョロしてるんでしょ？　アリスお姉ちゃん言ってたじゃん」

「それはオウガ様に出会う前の話でだな……」

「アリスお姉ちゃんに剣を教えてもらった俺たちの方が強そう」

「それな～」

俺への悪口でワイワイと盛り上がる子供たち。

顔を青ざめさせたミオがすぐに近寄ってきて頭をペコペコと下げる。

「すみません、ヴェレット様！　すぐに言い聞かせますので……！」

「……大丈夫だ。元気が有り余っていて良いじゃないか」

我慢だ、我慢。

ここでキレてしまえば、俺もこいつらと同じ精神レベルだという証明になってしまう。

俺はもう大人。大人が乗っていい挑発はメスガキのものだけだ。

主に悪口を言っているのはオスガキ。

そう。だから、服を引っ張られても、ボコスコ叩かれても怒らない。

「おい。俺と戦おうぜ！」

落ち着け、オウガ・ヴェレット。

まだ精神が成熟していない子供の言うことじゃないか。

ほら、大丈夫。

どこぞの生徒会長のように貼り付けた笑みを浮かべて、大人としての対処を――

「あっ、無理か。貴族様は運動しないノロマだもんな」

「――やってやろうじゃねぇか！」

悪ガキどもはきっちり俺自らしつけてやらねぇとなぁ！

上着を脱いで、アリスに放り投げる。

「アリス。こいつらは俺が面倒見てやる。お前はこの間にやるべきことをしておけ」

「……！　承知いたしました」

こっそり耳打ちすると、アリスはそそくさとミオを連れて別室へと向かう。

そうそう。ずっとお前の背中でダウンしてるマシロを寝かせてやらないといけないからな。

それにアリスの目があったらこいつら相手に本気になれないからな。

「大人の恐ろしさってやつを思い知らせてやるぜ……！」

こうして子供たちとの戦闘（あそび）は始まった。

「オウガお兄ちゃん、すげぇぇぇぇ!!」

「次、俺！　俺もやって！」

「あー、ズルい！　私も！　私もその空飛ぶやつ、やって！」

「フハハハハ！　いくらでもやってやろう！　そして、もっと褒めたたえるがいい！」

リビングに響く子供たちとヴェレット様の笑い声。

ヴェレット様は子供を抱きあげると、天井に当たらない程度に上へと放り投げてキャッチされていた。

「ふふっ……」

いつ以来でしょう。

こんなにも子供たちの楽しそうな姿が見られるのは。

この孤児院の土地を狙われるようになってからは毎日怒声におびえる日々でした。

力のない私ではこのまますべてを奪われてしまう。

いっそ、それならば……と一縷(いちる)の望みを賭けて、旧友に連絡を取って本当に良かった。

「……ヴェレット様」

全てを救う【救世主】様……。

アリスの言うことに間違いはなかった。

彼はこんなにも子供たちにたくさんの愛を注いでくださっている。

「ふぅ……久しぶりで加減が難しかった」

「おかえりなさい。はい、タオルです」

「ありがとう」

ちょうど別室から帰ってきたアリスにタオルを渡す。

何をしていたのかは聞かない。

ただ頬に血が飛び散っていたから、ある程度は推測できる。

「必要な情報は手に入ったから明日には本丸を叩ける。安心していい」

「……そうですか」

ホッと胸をなでおろす。

もうこれ以上、子供たちの日常は脅かされないのですね。

「アリス、このお礼は必ず致します。お金も用意しますので、どうかあなたからも今しばらく待っていただけるようにお願いしてくれないかしら」

「ああ、もちろん。だが、私はオウガ様ならきっと金銭を要求することはないと思う」

そう言って、子供たちとじゃれているヴェレット様を見つめる彼女の瞳はとても生き生きとしている。

数か月前まで貴族憎しと恨み言を漏らしていたアリスが認めた貴族様。

失礼を許してください、アリス。

私はそんな人間はいないと思っていました。

貴族にとって平民はいくらでも替えが利く存在。

私の母も犠牲になった一人だったから。

わざわざ貴族が平民の、それも報酬も期待できない私たちに手を差し伸べてくれること自体が異常なのだ。

「なんにせよすべてを決めるのはオウガ様だ。そういう話は子供たちが寝静まってからにしよう」

「……そうですね。ちょうどご飯もできたところですし」

「道理でいい匂いがすると思った」

「ヴェ、ヴェレット様……！」

子供たちを引き連れて、こちらにやってきていたヴェレット様。

みんなもすっかり懐いたようで、小さな子は手をつないでいる。

「そんなに時間が経っているとはな。ついはしゃぎすぎた」

そうは言っているが、きっとアリスが作業を終わる時間を稼がれていたのだろう。

時折、チラチラと彼女が消えた方を確認されていたから。

きっと子供たちをそちらに近づけないように。

「それで今日の夕食は何なんだ？」

「今日は皆さんも来られたので、一番得意なカレーにしようかなと」

「やった〜！」

「シスターのご飯はすっごいおいしいんだよ！」

「俺もミオ姉ちゃんの作ってくれるご飯好き！」

「そうかそうか」

はしゃぐ子供たちの頭を撫でるヴェレット様。

「ははっ。お前たちはミオのおいしいご飯が毎日食べられて幸せだな」

「えっ……!?」

私のご飯が毎日食べられて幸せ↓俺も毎日食べたい↓毎日一緒に居る↓結婚。

つまり……プロポーズ!?

ど、どうしましょう。

愛を受けた経験が無い私には判断がつかない。

「…………」

ヴェレット様を見ていると、頬が熱を帯びる。

……もしかしたら。

この人は埋めてくださるかもしれない。

胸にぽっかりと空いた、この空白を。

私の罪を裁くことによって。

◇　◇　◇　◇　◇

「……で、俺に伝えておきたいことってなんだ？」

ミオが子供たちを寝かしつけている間、アリスに俺と二人きりで話がしたいと客間へ呼び出された。

少しばかり古めかしいソファに並んで腰かけている。

「はい。オウガ様の指示通りに拷問し、情報を吐き出させました。そちらについてです」

「…………」

俺、そんな指示出してない……。

何をどう受け取ったら、拷問になるのか。

なんかもう嫌な予感がしてきた。

「……殺してないよな？」

「ご安心を。彼らには本丸へと案内してもらう役目がありますから」

心配しているのはそっちじゃないんだよなぁ……。

何事も始めるには人員が必要だ。

そう簡単に草刈りみたいに切り取られたら運営したい俺としては困る。

せっかく取り入れて、穏便に終わらせるつもりだったのに……。

終わってしまったことは仕方ない。

一応、アリスは俺を想ってやった行動だからな。

むしろ、単身で敵地襲撃。皆殺しにしなかっただけ進歩したと思おう。

一息吐いて上を見上げた。背もたれに体を沈めて、彼女に尋ねる。

「それでわかったことは？」

「奴らがここを狙っているのはイニベントに地下闘技場を造ろうとしているからだそうです」

「というとアリスが所属していた、ウォシュアのやつみたいな？」

「ええ。というよりも、あそこの残党といった方が正しいでしょう」

「全員アリスが処分したはずだろ？　殺し損ねたのか？」

「いえ、それはあり得ません。カードが組めなかった者には休みが与えられます。運がよく、あの日は休みだった者たちが暴れているのでしょう」

「……なるほど」

あれ？　これ俺たちのせいじゃね？

俺たちがウォシュア地下闘技場を潰したことであぶれた奴らが新天地を求めて目をつけたのがイニベントだった。

イニベントとウォシュアは隣接している地区同士。

王都の衛兵の眼も行き届いておらず、再開するにはうってつけの場所だ。

「元々ウォシュアの治安悪化に比例してイニベントから去っていく人たちも増えていました。悪事を働くのにも都合がよかった――どうかしましたか、オウガ様？」

「……いや、少し考え事をしていただけだ」

完全にマッチポンプじゃねぇか！

俺たちのせいで不幸な目に遭っている人たちに作ってもらったご飯を食べたのか、俺……。

あっ、やば。急に胃が痛くなってきた……。

俺が目指しているのはこういう胃がキリキリするような悪じゃないんだよ！

悪にだって美学はある。

例えば俺は自分のためになる悪事ならどんなことでも働くが、それ以外には手を染めるつもりはない。

可愛いハーレム作って、美味い物を食べる。

領民の税金で楽して好き放題な生活を送る。

信念と目的を持ったうえで、意味ある行動だからこそ突き通す姿は格好いいのだ。

今回みたいに行き当たりばったりで、予測不可能な事態にもてあそばれる案件は望ましくない。

……決めた。今回は責任を持って最後までやり切ろう。

俺が生きている限り孤児院の安全を、いやイニベントの安全を保障する。

そのためにも必要なことは……。頭の中で計画を組み立て始める。

「アリス。今回の襲撃だが。絶対に一人も殺すな。半殺しもダメだ」

「……なぜでしょうか？」

説明するから、そんな不満オーラを前面に押し出すな。

お前の圧は一般人が下手に喰らうと気が動転するレベルなんだから。

「利用する。俺の悪を実行するためにな」

「なるほど。お考えがあるのですね？」

「もちろん。俺を誰だと思ってる？」

「すべてを救う【救世主】様です」

こいつ、本当に俺を慕っているんだよな？

そんな疑念を抱いていると、コンコンとノックの音がした。

「すみません。ミオです。中に入ってもよろしいですか？」

アリスが目で許可を求めてきたので頷く。

「入ってくれ」

「ありがとうございます。お取り込み中でしたか？」

子供たちを寝かしつけ終えたミオは頭を下げる。

その手にはなにやら白い包みが握られていた。

「ちょうど方針がまとまったところだ。子供たちの様子は？」

「誰もおびえた様子はありませんでした。今日は疲れていたのかすぐにみんな静かになって……ヴェレット様が遊んでくださったおかげかもしれませんね」

「ははは……」

年甲斐もなくはしゃいでしまっただけなんだが……。

しかし、有意義な時間でもあった。

子供たちの気持ちについても知れたからな。

「しかし、こんな時間にどうしたんだ？　心配で眠れなくなったか？」

「いえ、そうではなく……こちらをヴェレット様にと」

彼女が差し出したのは気になっていた白の包み。

受け取って中身を見やれば、中には十枚の銀貨が入っていた。

銀貨一枚で子供たちの食費半月分は賄えるはずだ。

彼女にとっては少なくない金額である。

「貴族の、それも公爵家であるヴェレット様への謝礼として少ないのは理解しております。ですが、私の手元にはこれしかなく……その……」

足をモジモジとさせ、赤面しているミオ。

「た、足りない分はわ、私でしたらなんでも致します、ので……どうか……どうかお願いいたします……！　私たちをお守りいただけませんでしょうか！」

なるほど。確かに俺にとって銀貨十枚ははっきり言ってはした金だ。

……なんでも、ねぇ。

「……アリス。俺たちは外泊許可申請書に何と書いて、ここにやってきたか覚えているか？」

「はい。ボランティアとはっきりと記憶しております」

「ああ、そうだったな。——だったら、金銭を受け取るのはおかしいよな」

「えっ……」

ずっと下を向いていたミオが顔を上げる。

そもそもアリスのお願いだし、元々謝礼は受け取るつもりじゃなかった。

さらに言えば、俺がほしいのは目先のはした金より将来的な労働力だ。

それに俺たちのせいでひどい目に遭わせているのに、これ以上追い打ちをかけるのは鬼か悪魔の所業だろう。

俺は悪だが、外道じゃないんでね。

それに目的ならもうほとんど果たしている。

「というわけだ。これは返す。謝礼もいらない」

ミオの手を取って、包みを握らせる。

彼女は少しの間手元を見つめると、ポタポタと涙を流し始めた。

「ありがとう……ございます……っ！」

「な？　言っただろう？　オウガ様なら金銭は要求しないと」

アリスは彼女の隣に移動すると、柔らかな表情で背中をさする。

お前、勝手にそんなこと言ってたの？

俺の知らないところで爆弾仕込むの止めてくれる？

危機一髪だった。

ここでさらなる金銭の要求を選択していたら俺はアリスとミオ、両方からの評価が下がっていたのか……。

「アリス。日付が変わり次第、攻めに入る。俺は少し休むから、お前は万が一の場合に備えて起きておいてくれ」

「かしこまりました」

「それまで二人で積もる話もあるだろう。ゆっくりするといい」

「あ、あの……！」

「……なんだ？」

「部屋ならたくさん余っていますので、どうぞ空いている部屋をご自由に……」

「では、そうさせてもらおう」

礼を告げて、部屋を後にする。

子供たちの寝息が聞こえる廊下を通り抜け、適当な部屋に入った。

「……さて、これでいいか」

後は残党どもの本拠地を潰して、この一件は終わりだ。

少しだけ個人的にやり残したことを終わらせ、眠りについてから六時間後。

「ヴェレット様……私ごときの魅力もない体ではございますが……どうぞご自由にお使いください」

ミオが夜這いを仕掛けてきた。

……なんで？

ちゃんと報酬ならいらないって言ったよな？

どうして俺の周りってこうも暴走しがちな人しか集まってこないの？

シュルリと布と布がこすれ合う音がする。

目の前でミオが脱ぎ始めているにもかかわらず、俺の頭は意外にも冷静だった。

「やめろ。アリスを呼ぶぞ」

「アリスなら外で見張りをしていますから聞こえませんよ」

「あいつを舐めているな？　俺が本気で呼んだら世界の反対側にいたって駆けつけるぞ」

「……それでも私にはやめられない事情があるのです……」

ミオはつらつらと自身の過去と境遇を語りだす。

しかし、俺はそれどころじゃないので話半分に聞いて、この状況を脱する方法を考えていた。

とりあえず無理にでも振りほどけば、ミオから逃れられる。

しかし、それでは納得がいかずに引き下がらないだろう。

それは避けたい。

……そういえば暴力を振るった後に優しくしたら感情の整理が追い付かず、思考放棄してしまうと聞いたことがある。

よし、これだ。

あとはそのままうやむやにして押し切ってしまおう。

「ですから、お願いします、ヴェレット様。どうか私に……一時の愛を育み、刻んではくれませんでしょうか……？」

「嫌だね」

断る理由？　そんなの一つに決まっている。

俺——巨乳派なんだ。

『お前なんか産まなければよかった』

私が母から投げかけられた言葉でいちばん多かったのがこれだったと思います。

母は貴族様の愛人でした。

それはそれは可愛がられ、贅沢を尽くして生きてきたそうです。

ですが、私を身ごもってしまい、貴族様から用済み扱いになった母は田舎へと追い出されてしまいました。

当然、今までのようには暮らせません。

私は母から恨みを買いました。

楽な生活と愛する人の両方を失った母に暴力を振るわれ続けました。

あぁ、私は生まれてきてはならなかったのだと。

他人の愛に触れずに、私は日々を過ごしました。

そんな生活が十年近く続いたある日、母はあっさりと息絶えました。

あんなにも元気に私を叩いていた彼女が。

それから私は王都の教会の運営する孤児院で育ち、今に至ります。

そのまま修道女としてお勤めすることもできましたが、私はお断りしました。

同じように暴力に苦しむ子供たちを助けたい気持ちがあったから、間違いなくこれも理由の一つです。

ですが、一番の理由は私が愛を理解できなかったからです。

ずっと愛を受けたことがない私が他人様の悩みに寄り添えるわけがありません。

子供の育て方も、接し方も本で学びました。

必要なことだからと覚えました。

けれど、それは本当に上っ面。

私はあの子たちを愛せていないのではないかと不安で不安でたまらないのです。

「ですから、お願いします、ヴェレット様。どうか私に……一時の愛を育み、刻んではくれませんでしょうか……？」

私は卑しい女です。

幼い頃の生活が影響して、決して魅力的なスタイルとは言えません。

事情を話せばお優しいヴェレット様なら受け入れてくださる。

私を救ってくださるとわかっていて、こうやって夜這いを仕掛けているのですから。

「ミオ……」

ヴェレット様が名前を呼んで、私の頬へと手を伸ばし――

「嫌だね」

パシンと叩かれ、明確な拒絶をされた。

蘇る幼き頃の記憶。

母以来のじんじんと熱を持った痛みが頬にあった。

「あっ……あぁっ……」

次も、次も……きっと気が済むまで殴られる。

あの頃のように恐怖に耐えようと、ぎゅっと目をつむった。

……しかし、ビクビクと震えて待てども暴力はやってこない。

恐る恐る瞼を開ける。

すると、私は優しくヴェレット様に抱きしめられていた。

え？　えぇっ⁉　ど、どうして……⁉

「ヴェ、ヴェレット様⁉」

「すまない。だが、まずはお前を苦しめるすべてを上書きするためには必要な行為だったんだ」

「あっ……」

ようやく私は行動の意味に気づく。

ヴェレット様は私の過去を払拭するためにわざと頬を叩かれたのだ。

母と同じ暴力を振るって、母とは違う優しさを与えてくれた。

この熱が過去に囚われていた私を解き放ってくれる。

「……どうやら成功したみたいだな」

私の背中をポンポンと叩いて、ヴェレット様は立ち上がられる。

離れていく温もりが心寂しかった。

「お前が求める答えを与えるのは今じゃない」

「……わかりました。ヴェレット様たちの無事をお祈りさせていただきます」

「その必要はない」

「それはどういう……？」

「俺たちの勝利はゆるぎない、ということさ」

絶対的強者による勝利宣言。

これほど心強いものはないでしょう。

「だから、ミオは安心して寝ているといい。起きた時にはすべてが終わっている」

ヴェレット様は部屋を出る直前まで優しさを分けてくださるのか。

ありがとうございます。

ですが、貴方様の優しさをただ享受するだけの愚かな人間ではございません。

「必ずや皆様のお帰りを玄関でお迎えしましょう」

私の言葉に返事はありません。

ただ微笑みを浮かべて、ヴェレット様は部屋を後にするのでした。

「……あー、頼むからミオのやつ寝ててくれないかな……」

俺は彼女の愛についての質問をのらりくらりとかわして帰りたかった。

俺は聖者なんかではないのだ。そんな重たいテーマに答えられる経験なんて持ち合わせていない。

だから、彼女に寝て待っているように言ったのだが……あの様子だと間違いなく起きてる。

「オウガくん？　どうかした？」

「いや、なんでもない」

頭を左右に振る。

いけない。今から俺たちは戦場に飛び込むのだ。

余計な思考を持ちこんではそれが命取りになるケースもある。

格下相手だって油断しないのが真の一流の悪。

「おい。ここであっているんだな？」

「……っ！　……っ！」

声を出せないように布でさるぐつわをさせた案内役は何度もうなずく。

アリスが聞き出した情報によると、奴らの本拠地はイニベント唯一の酒場だった場所らしい。

そこでボスは酒を飲みながら自分たちの報告を待っているとのこと。

「マシロ。もう目は覚めたか？」

「う、うん！　いっぱい寝たから気力十分だよ！」

「そうか。あまり緊張はしなくていい。親玉は俺が相手する。お前は周りの雑魚を蹴散らしてくれ」

ただし、と一つ注文をつける。

「絶対に殺すな。お前まで手を汚す必要はない」

殺人はとてつもなく精神を摩耗する。たとえ相手が悪人であろうと、人の肉を断つ感触はいつまで経っても記憶に残り続ける。

聖騎士を目指す有望な青年たちでさえ夢を諦めてしまうほどの傷を負わせるのだ。

そんな罪を彼女に背負わせるつもりは毛頭ない。

「この約束だけは違えるな」

「……うん、わかったよ。必ずオウガくんの期待に応えるから」

マシロもフンスと鼻息を荒くして、気合満点の様子。

気合が入りすぎるあまり両腕に挟まれた胸が形を歪ませていた。

そう、それでいい。マシロには一生俺のストレスを癒やす係でいてほしい。

ジッと見ていてはバレてしまうのでうずうずしている我が剣にも指示を出す。

「アリス。お前は今回は手を出すな。あくまでマシロの実力をはかる、当初の目的をはき違えるなよ」

「承知いたしました」

彼女は両腕に縛り付けた悪党どもを持っているので頭だけ下げる。

どんな腕力してるんだ、本当に。

「クソッ……！　あいつらはまだ帰ってこないのか⁉」

「ア、アリバン様！　落ち着いてくださぃ！」

「せっかくの酒がもったいねぇですぜ！」

中から野太い酒焼けした声とガラス瓶が割れたような音が聞こえる。

ちゃんと標的はいるみたいだな。

「……よし、いくぞ」

足を大きく上げた俺はそのまま前蹴りして、ドアを吹き飛ばす。

「ぐわぁっ⁉」

入り口付近にいた不運な奴らの悲鳴と突然の破砕音に全員の視線が俺たちに集まった。

「なんだ、てめぇら‼」

「お前たちに悪夢を届けに来た者さ」

ニヤリと不敵な笑みを浮かべた俺は頭に血管を浮かせたアリバンと思わしき巨漢を指さす。

「ここがお前らの悪の終着点だ」

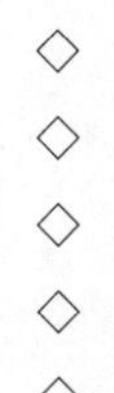

なんだ……なにが起こっている……。

酒場に広がる阿鼻叫喚の図。

「こ、凍って⁉」

「や、やだ！　手が滑って武器が持てない⁉」

「くそっ……！　足が！　動かねぇぞ……！」

奴らの周囲を囲む白い霧。

急激に気温を下げていく白霧は奴らの体から自由を奪っていく。

「――【氷結の風】。安心して。絶対に殺しはしないから」

「氷⁉　希少属性じゃねぇか⁉」

基本とされる火、水、風、土、雷、光の六つの属性とは別にそれらの派生である希少属性と呼ばれる魔法が存在する。女が使う氷属性魔法もその一種だ。

「だが、こんな室内で使えばお前らにだって影響が――」

「ノンノン。ボクたちは被害を受けないよ。風属性魔法を使って、空気の流れをコントロールしているからね」

「二つの魔法……デュアル・マジックキャスターだと⁉　ふざけるのも大概にしろよ……！」

ふざけるな……そんな助っ人を雇おうと思ったら、どれだけの金がかかると思っているんだ。あんな貧乏孤児院の奴らが雇えるわけがねぇ！

「……まさかマシロにも注意が必要とは思っていなかった。思っていたよりも威力が強すぎる……」

「ボクもオウガくんの役に立てて嬉しいよ！」

「俺も頼もしくて涙が出そうだ」

そして、乾いた笑いをしながら俺の相手をしているこのガキもだ。

さっきから俺がどれだけ殴りかかろうと初動で勢いを消され、軽くいなされていた。

振り下ろす攻撃は腕に手を添えてそのまま流し込み、逆に打ち上げる攻撃は内側から外へ弾くように力を逃がしやがる。

談笑しながら、よそ見しながら、出来て当然のように捌いているこいつもやべぇ。

こんな高レベルの傭兵を雇えるとしたら孤児院の奴らじゃなく……！

「てめぇが手引きしたのか、クリス・ラグニカ！　貴様も俺たちと同じ堕ちた側の人間だっただろ⁉」

「……人違いだ」

「はぁっ⁉ どう見てもクリス・ラグニカだろうが！」

「おいおい、よそ見している余裕はあるのかよ」

「がはっ⁉」

腹部にガキの蹴りが突き刺さる。

お、重い……！

メキメキと嫌な音が体内から脳へと響く。

う、浮いてる……⁉

「ぐわぁぁぁっ⁉」

壁まで蹴り飛ばされ、背中がきしんだ。

あ、あんな体のどこにこれほどまでの力が……？

「もういいか？ 俺はお前と話がしたいんだが」

「いいわけねぇだろ……！」

必死に呼吸を整えようとするが、骨折の痛みが許してくれない。

脂汗が額にびったりだ。

クソがクソがクソがぁ！

この俺様が……ガキに負けて人生終わり……？ 有り得ねぇ！

俺は力に関しては昔からずっといちばんだった。

闘技場だって主催者がラグニカとカードを組ませなかっただけで勝つ自信しかなかった。

この拳と身体があれば世界に出たって負けはしねぇ。

だから、俺はもう一度自分の闘技場を造るのだ。

俺の名を世界にとどろかせるために。

「このまま終わると思うなよ！　俺にはまだ切り札がある！」

「っ！」

「あれは……!?」

「これは裏で出回っている【肉体強化エキス】……ふんっ！」

取り出した瓶の飲み口を折って、一気に流し込む。

瞬間、始まる筋肉の胎動。

「うぉぉぉぉぉぉぉ……」

はち切れんばかりに膨れ上がる肉体。

ダンと壁を叩けば穴が開き、亀裂が走った。

うははは……凄まじい……！　今の俺は全能感に満ちている。

「………」

「へへっ、どうした？　怖くて声も出ねぇか？」

「……いいや、その逆だな」

ガキは首元に手をかけるとボタンを一つ、二つ外した。

「しょぼすぎて呆れたのさ」

「……なにぃ？」

「俺が本当の強者の振る舞いをレクチャーしてやろう。かかってこい」

「舐めやがって……！　後悔しても知らねぇぞ！」

巨大な力は全てをぶち壊す。

「どんな技も圧倒的な暴力の前にはなすすべなし！　逝けやぁ！」

グチャグチャになれ！

いけすかない顔面へ右ストレートを撃つ。

「きゃぁっ⁉」

拳圧によって生まれた風が後方にいた魔法使いを転ばせる。

それほどまでの威力。

正面からまともに喰らえば肉塊になるのは間違いない。……ない、はずなのに……。

「そうだな。だから、暴力には暴力で相手してやることにした」

「……は？」

俺の渾身のパンチはあっさりと止められていた。

それもたった片手で。

「――いいか？　悪って言うのは相手に絶望を与えなければならない」

「ひっ⁉」

あ？　え？　あれ？

……俺は今、悲鳴を上げた？

それだけじゃない。一歩、後退っている。

生存本能が反射的に感じ取ったのだ。

己の命の危機を。

「いかなる時も圧倒し、自身の障害となるものをねじ伏せる。お前もさんざんやってきたんだろ？」

どれだけ力を籠めようともびくともしない。

「だが、お前のはただ弱者が弱者を痛めつけていただけ」

押し返される拳。

体重を乗せても、軽くひねられ、どんどん体勢が悪くなっていく。

「だからクスリなんてものに頼る。確かな研鑽と信念によって磨かれてきた玉石に敵うはずがない」

ついに俺は跪かされた。

圧倒的な力にねじ伏せられて。

あぁ……わかってしまった……。

俺は、所詮ちっぽけな小さな国の王様だったんだ……そして。

「お前は悪と名乗ることすらおこがましい三流だ」

この方こそが、本物の王になる器を持った方なのだと……！

衝撃が頰を走り抜ける。

人生で初めてのノックアウトは不思議と心地のいいものだった。

もはや酒場とは呼べないほどボロボロになった現場。

アリバンは気絶しているが、そのほかの野郎どもは全員意識がある。

きちんと言いつけ通り、マシロも手加減をしたようで体の一部を凍らせたものの命を奪うまでには至っていない。

アリスもマシロが存分に実力を発揮できるように立ち回ってくれたみたいだ。

時々、反撃に出た盗賊たちをいなしていたのを俺はちゃんと確認している。

「オウガくん、どうだった？　ボクの魔法は？」

「想像以上だった。魔法のコントロールもずいぶんと上手い。広範囲の魔法を唱えたときはどうなるかと心配したが……よく約束を守ってくれたな」

そう言って頭をなでると、マシロはこそばゆそうに目を細めた。

「わっ……えへへ……。もっともっとオウガくんに褒めてもらえるよう努力するね」

マシロは賢い奴だ。きっと言葉通り、これからも成長を続けてくれるだろう。

彼女の容姿は最高だが、だからといって俺の部下に怠け者はいらない。

きちんと俺のために働いてくれる人材がいい。

それはたとえハーレム要員だったとしても……！

「わざわざ遠征したかいはあったな」

これで当初の目的の一つだったマシロの強さが判明した。

俺のおっぱいハーレムの一員だと考えていたが、戦力として数えても問題ないだろう。

「お疲れ様です、オウガ様」

今回は戦闘に参加させなかったアリスがタオルを持ってきてくれる。

「大した運動にもならなかったな」

「オウガ様の実力を考えれば当然のこと。して、オウガ様。こいつの首、斬り落としますか？」

「——待て」

「わかりました」

倒れたアリバンめがけて振り下ろされた剣がピタリと止まる。

こえぇよ！　なんで許可貰う前に実行してるんだよ！

手を出すなって戦闘に限った話じゃないから！

俺の未来へのビジネスチャンスを奪わないでくれ。

「こいつにはまだ聞きたいこと、やってもらいたいことが山ほどある」

「聞きたいこと？」

「これだ」

そう言って俺は床に落ちた小瓶を拾う。

「奴は【肉体強化エキス】と言っていた。素の実力が弱いせいでこいつは俺に負けたが、確かに力は増強されていた」

効能は攻撃を受けていた俺がいちばん実感している。

それを理解しているアリスはマジマジと液体が入っていた瓶を見つめていた。

「奴の口ぶりからすれば裏社会で取引されていると考えていいだろう。すでに世に出回っているわけだ」

「今後、悪用する輩がどんどん出てきますね。……いえ、すでに使用されている可能性も」

「そうだ。こいつは貴重な情報源になる」

そして、取引元、製造場所を突き止めれば一気にぼろ儲けできるチャンスが訪れるわけだ。

あれだけの急激な肉体変化を与える劇薬。

まず間違いなく何か別の物を作ろうとした際の失敗作だろう。

それでも効果はあるのだから、天才たる俺の頭脳で改善すれば魔族との戦闘用の薬の一種として販売できる可能性だってある。

そんな輝かしい未来のためにも絶対こいつは俺の手元に置いておく。

ちょうどもう一人、外部で自由に動けるコマも欲しかったところだしな。

「俺は常々、更生の機会を与えたいと考えていた。それこそがきゅ……【救裁】だろ？」

【救裁】とか言っちゃって、すごく恥ずかしい！

黒歴史確定だが、こう言えばアリスが納得するのがわかっている。

ほら見ろ、満面の笑みだ。

「流石はオウガ様です。あなた様にお仕え出来て光栄です」

「ああ、一生の自慢にしろ。俺もお前が誇れる主であろう」

「はっ！」

「わぁ……！　二人とも格好いい！」

演劇じみたやり取りに感銘を受けたのか、パチパチとマシロの拍手がボロボロになった酒場に響く。

さて、もうここにいる意味はない。

「ま、待ってくれ！　俺たちを置いていかないでくれ！」

「このままなんてご無体な！」

「……心配するな。言っただろう？　山ほど用があると。しばらくそのまま待っていろ」

しかし、盗賊たちの声はやまない。中には泣き出す奴まで始末。

負け犬の遠吠えはいつだってうるさい。

お前ら、いい加減にしておかないと後々怖い目に遭うぞ。アリスの手によって。

当然そんな風に脅せるわけもなく、どうやって収拾をつけようかと頭を悩ませていると解決したのは意外な人物だった。

「てめぇら！　静かにしろ！」

鼓膜を揺さぶる怒鳴り声。シンと一瞬で空気は静まり、倒れていた声の主はゆっくりと起き上がった。

ちっ、ドーピングの効果のせいで完全に意識を刈り取れていなかったか……？

「………」

アリバンは何も言葉を発さず、ただ無言で俺の全身を凝視する。

アリスがマシロの前に割って入るのを横目で確認した俺は挑発するように口端をつり上げた。

「どうした？　まだ遊び足りないか？」

うつむき加減なせいで奴の表情が読み取れない。

アリバンは一体どんな反応をしているのか――

「――兄貴！　俺を兄貴の下で働かせてください！」

膝を折りたたみ、勢いよく手と額を床にたたきつけたアリバン。

「「…………」」

二人と顔を見合わせる。俺たちだけじゃない。

こいつの部下たちもまた状況についていけていなかった。

聞き間違いじゃなければ俺の下で働かせてくださいって……。

「どういう魂胆だ？」

「ち、違います！　俺は兄貴の力に惚れたんです！」

「……ほう？」

「戦って理解したんです……兄貴こそ人々の上に立つのに相応しい人だって！」

「なるほど」

なかなかわかっているじゃないか、こいつ。

そう、俺こそ悪徳領主として平民を支配して楽な生活を送る上流階級に相応しい男。

「なら、お前は俺の命令通りに動くわけだな？」

「もちろんです！　自分の命は兄貴に捧げます！　奴隷にしてくれても構いません！」

どうも様子を見るに、本当に俺に心酔していそうだ。

これなら教育する必要はないか。

一応、嘘をついていないかアリスに視線で確認を取るが、彼女も同意見だった。

「そうかそうか。よぉし、アリバン。なら、さっそくお前に仕事をやろう」

「はい！　ありがとうございます！」

「アリバン、お前は——各地の悪ガキどもをしつけてこい」

「……えっ？」

それから俺はアリバンに振るつもりだった仕事内容を語る。

要約すれば、こいつには治安の悪い地区を回って悪党たちをボコって俺のもとに集めてもらう。

悪さをしている奴らが急に消えても悲しいかな誰も不思議に思わない。

そして、俺は集めた奴らで地下闘技場を再開するつもりだった。

これで俺が胴元になり、がっぽがっぽ儲ける作戦が実行できる。

選手が自前となれば八百長し放題！

建物も壊してはいないので新たに投資する必要性もほとんどない。

当然アリスには内緒なので、地下闘技場については濁すけど。

今度、二人きりの機会を作って話そう。

その時に【肉体強化エキス】の出自についても聞こうか。

「一緒に他の奴らも連れて行っていい。人数は多いに越したことはないだろう」

「オウガくん、いいの？　そんな簡単に信用しちゃって？」

「心配するな。人を見る目には自信がある」

今のアリバンみたいな目をする奴は身内にもいる。

アリスだ。アリスが俺を裏切るか？　つまりはそういうことだ。

「わかりました。つまり、今回の兄貴と同じ悪党退治をすればいいわけですね？」

「そうだ。俺の真似をしてくれたらいい」

「兄貴から託された役目……必ずや果たしてみせます」

うんうん、やる気があるのはいいことだ。

これでひとまずこの場でやるべきことは全て終わらせた。

「あとで回収しに来る。傷も回復させてやるから、それまではおとなしくしていろ」

「はっ！　ありがたき幸せ！」

大男の土下座によって見送られた俺はアリスとマシロを伴って酒場から出る。

「組織のトップの心身を掌握して、死者を出すことなく正義へと反転させる。見事な手法でした、オウガ様」

もくろみ通り、アリスはすっかり勘違いしてくれた。

クックック、止めるチャンスはここしかなかったというのに。これで将来やりたい放題するための下地が一つ手に入った。

金はいくらあっても困らない天下の回りものだからな。

「ほんとほんと！　オウガくん、格好良かったなぁ。ボクはあんなに素早く動けないから。こうシュッシュッって」

アリバンに放ったパンチを真似するマシロ。

……魔法使いとしての素質に恵まれている彼女はやはり運動神経は絶望的か。

ネコパンチよりも弱そうで、かわいかった。……今度、猫耳プレゼントしたらつけてくれるだろうか。

「オウガくん？」

「何でもない。……二人とも、孤児院に着いても絶対に音を立てるな」

「うん、起こしちゃ可哀想だもんね」

「それだけではありませんよ、リーチェ嬢。オウガ様はミオから金銭を受け取らずに去るつもりなのです」

「……その通りだ。荷物を回収したら俺たちは出るぞ」

全く違う。ここを出る前にミオに投げかけられた質問の答えを用意できていないから、さっさと帰りたいだけだ。

俺を【救世主】だと言うならばちゃんと言うことを聞いて寝ていてほしい。

その可能性に一縷の望みをかけている。

「いいか？　起こさないように、静かにだ」

念を押した俺の忠告にコクコクと頷く二人。

孤児院の安全を確保するというミッションは終わった。

故に彼女が起きていないことに賭けて、さっさとトンズラする！

願いを込めて、俺はそっと玄関の扉を開けた。

「おかえりなさいませ、ヴェレット様」

やっぱり起きていたかぁ……。

私が一人で祈り続ける時間は思っていた以上に短いものでした。

もちろんみなさまの勝利を疑いませんでしたが、こんなにも早いご帰還とは……。

「孤児院の脅威は取り払われた。安心していい。もう日常を脅かす奴らはいない」

「そうですか……」

アリスの報告にホッと胸をなでおろす。

「みなさま、本当にありがとうございました……！」

「えへへ……なんだか照れるね」

「私への感謝はいいさ。願いを聞いてくれたオウガ様に伝えてくれ」

「ええ……ヴェレット様」

声をかけると、二人の後ろにいたヴェレット様の肩がびくりと震えた。

私に気遣わせないように姿を隠してくださっていたのでしょうが、遠慮など必要ありません。

私たちは確かにあなた様に救われたのですから。

「本当にありがとうございます。なんと感謝をつづればいいのか」

「何度も言うが気にしなくていい。俺が好きでやったことだ」

「……世界のすべてがヴェレット様のような優しさを持ち合わせていたら、どれほど素晴らしい世界になるのでしょうね」

……そう。ヴェレット様と同じ等しく愛をささげられる人物が親だったら……私も悩まずにすんだのでしょうか。

そんな風に考えずにはいられないのです。

「それでだ、ミオ。ここを出る前にした約束の件だが……」

あぁ……答えをくださるのですね。

たとえどんなものでも受け入れましょう。

ヴェレット様ほどの高尚な人物が与えてくれる愛なのですから。

「俺の答えは、その――」

「待ってよ、オウガお兄ちゃん！」

「……え？」

ヴェレット様が口を開かれた時、それを遮るように部屋へと入ってくるのは就寝しているはずの子供たち。

みんなはすぐにヴェレット様を囲むと、それぞれ声を荒げる。

「お兄ちゃん！　報酬なら俺たちが働いて払うから！」

「そういうお話したでしょ！」

「ミオ姉ちゃんからはお金を取らないで！」

「約束守ってよ！」

……どういうことなのでしょうか。

話についていけない私は思わずヴェレット様を見やる。

「クックック……ナイスタイミングじゃねぇか、お前ら」

ヴェレット様はひとしきり笑うと、子供たちと肩を組んでこちらを向く。

「よぉーし、お前ら。俺が寝る前に何てお願いしに来たんだっけ？」

「俺たちが働くから報酬をお姉ちゃんから取らないでって言った！」

「お金ならちゃんと払うからお仕事下さいって！」

「労働はつらいぞ。本当にいいのか？」

「うん！　だって、ミオ姉ちゃんが大好きだもん！」

「えっ……」

その反応にニヤリと笑うヴェレット様。

「これが俺たちができる恩返しだから……！」

「私たち、お姉ちゃんにもっと幸せになってほしいから！」

「そうかそうか。じゃあ、ミオのために頑張りたいんだな？」

「「うん!!」」

満面の笑みで返事をする子供たち。

ポロポロと涙があふれていく。

ぼやける視界の中、こちらへと近づいてくるヴェレット様。

ポンポンと頭を撫(な)でられた。

「気づいていなかったのはお前だけだ、ミオ。お前は十分に愛されている」

「あぁ……ああ……」

喜びが心の底からあふれてくる。

あぁ……私はちゃんと子供たちを愛せていたのだ。

そして、この子たちは私に愛を与えてくれた。

そうか……この気持ちが……これが愛なんだ……。

「ミオ姉ちゃん！」

「俺たち頑張るからさ！」

「これからも一緒に居ようね！」

「えぇ……えぇ……！　ありがとう……。私も……ずっと一緒に……あなたたちと共に……」

駆け寄ってくれる子供たちを抱きしめる。

腕の中にある温もり(ぬくもり)を、愛を感じながら。

◇　◇　◇　◇

クックック、随分と感動的なシーンじゃねぇか。

……いや、内心すごいドキドキさせられたぜ。

素晴らしいタイミングでやってきたこいつらを褒めないといけない。

ついでに、すぐさま脳内でシチュエーションをまとめあげた俺の頭脳も。

実は俺はガキたちから事前に話を持ち掛けられていた。

子供ながらに心配したのだろう。

まさか自ら志願して身を売ってくれるなんてなぁ。こんなに俺にとって好都合な話はない。

もちろん二つ返事で要求を呑んでやったさ。

それでミオも自分の愛を自覚できた。あいつらもだ～いすきなミオと一緒に居られる。

俺は言うことを聞く労働力を手に入れられる。

誰も不幸にならない、とても幸せなエンディングじゃねぇか。

『今』は、の話だがな。

「おいおい、いつまで泣いているんだ？　荷物をまとめておけ」

ある程度、泣き止んだところで地獄の始まりの一声を浴びせる。

全員がきょとんとこちらを見上げていた。

「ヴェレット様……？　それはいったいどういう……？」

「決まっているだろう。お前らには俺の故郷であるヴェレット領に移住してもらう」

「ヴェ、ヴェレット領にですか⁉」

「ああ、住まいはこっちで用意する。お前らは荷物だけ持ってこい」

口約束なんて俺は信じねぇ。

だから、ヴェレット領に移住させて逃げられないようにするのさ。

「それと教育係もつけるからこれからは遊びじゃなくて毎日勉強してもらうぞ。知識が無い奴が結果を出せるわけがないからな」

「…………」

俺の恐ろしい宣言に開いた口が塞がらないようだ。

遊びたい盛りのこいつらにとって自由な時間を奪われて、俺の下で働くために無理やり勉強させられるなんて苦痛でしかないもんなぁ？

しかし、すでに決定事項だ。

遊んでいるときにこいつらがまともな教育を受けられていないのはわかっていた。

このままじゃあ戦力にならねぇ。

だったら、こき使えるようにするまでよ。

ちなみに、逃げ出そうとしたらこの教育係が俺に報告する流れにするつもりだ。

もうミオたちは完全に俺の手中というわけだ。

「アリス、俺は何か変なこと言ったか？　当然の要求だろう？」

「はい、素晴らしき判断かと思います」

クックック、どうやらアリスも今回は逆らうつもりはないようだ。

俺は今回、アリスのお願いを聞く形でミオたちを助けてやった。

つまり、実質アリスにも貸し一つとなる。

ここまで予想通り（パーフェクト）だぜ。

「すぐに迎えの馬車を手配する。これは決定事項だ」

「お、お待ちください、ヴェレット様！」

「あぁ？　なんだ？」

「私は……私はこれからなにをすればいいのでしょうか？」

いや、ガキたちと一緒に来て世話係をしてればいいんだが……でも、そうだな。

ここはひとつ。前世でクソ上司がよく言っていたセリフを拝借するとしよう。

「自分で考えろ」

「自分で……ですか？」

「そうだ。俺のために何をなすべきか考えるんだ」

「ヴェレット様のために……私ができること……」

さて、反論なんてないと思うが、されたら相手をするのも面倒だ。

「俺もまだ学ぶことばかりだ。明日からは授業もある。帰るぞ、アリス、マシロ」

俺は伝えたいことを言い切って、孤児院を出る。

最後に何か後ろでミオがブツブツと言っていたが聞こえないふりをした。

今ごろ俺に頼んだことを後悔しても後の祭り。

結局、悪を倒すのはさらに大きな悪なのさ。

「この後はどうするの、オウガくん？　迎えの馬車が来るまでもう少し時間あるよね」

「ふっ、そうだな。放置しているアリバンたちを運べる荷台でも探してやろう」

それくらい今の俺は上機嫌だ。

マシロの実力を測る。子供たちやアリバンらの労働力を得る。

当初の目的であった二つを両方とも達成できたのだから。

「クックック。太陽までもが祝福するか」

日の出の光が俺たちを照らす。まるで輝かしい未来を予見させるように。

「ついてこい、アリス、マシロ！　俺の覇道はまだ始まったばかりだ！」

これにてイニベントへの遠征は俺にとって最高の結果で幕を閉じるのであった。

オウガは知らない。

「俺の名はアリバン！　オウガ・ヴェレット様の命により、この街にやってきた。さぁ、お前らを困らせる奴（やつ）らの場所を教えてくれ。俺が退治してくれる」

各地の悪党をアリバンがまとめあげることで治安が良くなり、また彼がオウガ・ヴェレット様の部下として自慢することで平民たちの間で自分の評価がうなぎのぼりになる未来（こと）を。

オウガは知らない。

「さぁ、みなさん。今日も祈りを捧（ささ）げましょう。私たちに正しき【救裁（きゅうさい）】をもたらしてくださる【救世主】様——オウガ・ヴェレット様に感謝を」

「「はい、シスター・ミオ」」

何をなすべきか己で考えた結果、オウガに心酔したミオがその尊さを説くために子供たちと共に王我教——彼こそ王に相応しいという意味を持つ冠——を興す未来を。

そして、ヴェレット領。ひいては平民たちの間で流行する未来を。

「クックック！　一仕事終えた後は気持ちいいなぁ、アリス！　マシロ！」

「大変素晴らしき働きでした、オウガ様」

「ほんと！　やっぱりオウガくんはすごいね。ボクも見習って、もっと頑張るよ」

馬車で高笑いしている彼はまだ知らない。

◆Stage-Sub◆ 我が主の輝かしき王道

私は神など信じていなかった――我が主に出会うまでは。

オウガ・ヴェレット様。

地の底まで落ちた私を拾い上げてくださった【正義】を体現したかのようなお方だ。

人としての器が大きく、強者としての矜持を持ち、現状維持を良しとしない向上心を併せ持っている。まさにトップに立つに相応しい素晴らしいご主人様。

だけれど、私が何よりも尊敬しているのは誰よりも強い心の部分。

オウガ様は魔法適性がないという大きなハンデを抱えている。

まだ幼い少年に与えるには巨大すぎる絶望だ。

けれど、オウガ様は折れるどころか奮起して立ち上がってみせた。果ての見えないゴールに向かって迷わず走り続けて、未来を切り拓かれた。

今となってはわかる。オウガ様が私を選んだ理由が。

どん底まで突き落とされた方だからこそ、私やアリバンのような堕ちてしまった人間に手を差し伸べてくださるのだ。

きっと気持ちを理解できてしまうから。そんな風になってしまった人間を見て見ぬふりはできぬ優しき心の持ち主なのだ。

そして、オウガ様に救われた私はとても有意義な毎日を過ごせている。

オウガ様が「俺の騎士」と、「我が剣」と呼んでくださるだけで心が幸せになる。

オウガ様はこれからも輝かしき王道を突き進んで行かれるだろう。

ならば、私はあなた様の剣として立ち塞がる障害を全て切ってみせましょう。

あぁ……オウガ様。ありがとうございます。

あなた様のおかげで私の命は息を吹き返しました。

誓いましょう。この灯火が消えるまで、オウガ様に尽くすことを。

さて、私もそろそろミオのもとに行くとしよう。

彼女や孤児の子たちと共に、今日もオウガ様への祈りを捧(ささ)げるのだ。

◆Stage1-3◆ 王太子ニューゲーム作戦

ンッンー！

実に気持ちのいい朝だ。

「お飲み物をお持ちしました」

「ああ、置いておいてくれ」

孤児院の一件から約一ヶ月が経った。

ミオたちは無事にヴェレット領に移住が完了し、アリバンも元気に他地区へとはばたいていった。

家庭教師兼報告役を務めるメイド長のモリーナは領主の息子である俺にも遠慮なく意見する老婆。

今ごろ子供たちは文句も言えずに机に向かっているに違いない。

現に今読んでいるモリーナから届いた手紙には「家に入った瞬間、子供たちが泣いてしまいましたよ」と記されていた。

きっと家の中の風景を見て、悲しみに暮れたのだろう。

なにせ中には前世の教室をイメージした大部屋を造り、二人一組の個室にもそれぞれ学習机を配置してやったからな。

こいつらのためにもう使わない小さめの屋敷を特急で整備させて用意したスペシャル仕様だ。

モリーナにも将来使えるようにビシビシしごけと言いつけてある。

もう二度と前の生活には戻れないだろう。

それに……ミオが小さな教会堂を建てたいと嘆願しているらしい。

クックック、なるほどな。

子供たちが歩む未来に対する責任を懺悔したい、といったところか。

いいじゃないか、実に滑稽で。

彼女に手を伸ばす神がいるのかどうか、ぜひ見せてもらおう。

ミオだけでなく、子供たちをも幸せにする。

そんな輩がいたら、ぜひ面を拝んでみたいね。

「アリス。昼の便で、これを送っておいてくれ」

「かしこまりました」

サラサラと筆を走らせて、返答を添えた手紙が入った封筒をアリスに渡す。

「さて、そろそろ登校といくか」

グイッとアリスが淹れたコーヒー――当然ブラック無糖。苦い――を流し込むと、学院指定の制服に袖を通して寮を出た。

「あっ、おはよ～、オウガくん！　アリスさん！」

入り口で待っていたマシロが手を振って、駆け寄ってくる。

うむ、今日も実にいい揺れだ。

これだけで教室へ向かう足取りが軽くなるという物よ。

「ああ、おはよう」

「おはようございます、リーチェ嬢」

「今日は髪をまとめているんだな」

「うん！　今日は体育もあるし、そろそろ暑くなってくるからね～」

ピョコンと生えた小さなしっぽを指ではじくマシロ。

普段は隠れているうなじがチラリと覗けて、とても健康にいい。

彼女からしか摂取できない栄養素が間違いなくある。

「ねぇ、あれって……」

「噂は本当なのかしら……」

校舎へと続く道を歩いていると、時折こちらに向けられる視線。

小声でヒソヒソと話しているため詳細までは聞き取れないが、大方イニベントでの出来事が各位に伝わり始めているのだろう。

田舎町のかよわい子供たちを領地に閉じ込めて、労働戦士を作るために地獄の毎日を味わわせる。

最高に悪徳領主みたいじゃないか。

だが、俺の左うちわの未来のためなら仕方ない犠牲なのだ。

俺なんかを頼ってしまったのが運の尽き。

「噂、凄いことになってるね」

「勝手に言わせておけばいい。俺は俺がすべきだと思ったことをやるまでだ」

「あはは。すごいオウガくんっぽいね、それ」

いつも隣に居るマシロも気にした様子はなさそうだ。

こいつも平民という立場のせいで他にろくな知り合いもいない。

噂を耳にしても俺からは離れない方がいいと理解しているのだろう。

魔法学院に入学するだけあって地頭いいしな。

「そういえば今日から魔法実習が始まるね」

「ああ。マシロ、ちゃんとこの前話した通りにするんだぞ」

「うん、わかってるよ。氷属性魔法は使わないし、威力も抑えるから」

あれは人前で公にするには強力過ぎる。

マシロの魔法を見た瞬間、彼女を欲しがる輩も出てくるだろう。

それは困る。このおっぱいは誰にも渡さんぞ。

「それでいい。マシロは目立つ真似をしないように」

「はーい。気を付けますっ」

「成績についても気にするな。お前の面倒は俺が一生見る」

ハーレムに加えるからには当然養う。

面倒を見るのはハーレムを築く側として発生する責任だ。

そのころにはきっと働かなくてもお金が舞い込んでくるシステムが完成しているだろうし、特に問題はない。

「………そういう不意打ちはずるいと思うな」

「なにが?」

「んーん、別に~?」

なんだよ、言えよ。気になるだろうが。

アリスに視線を向けると、なぜか微笑ましいものを見る表情になっていた。

「随分と仲が良いみたいだね、お二人さん」

そんな風に会話を交わしていると、ふと前から中性的な声が聞こえてくる。

そちらを見やれば、昔馴染みの顔があった。

「こんにちは、リーチェさん。あと、オウガも」

「声をかけてくるなんて珍しいな。お前の父親が見ていたら、またキレるんじゃないか、カレン？」

「父さんと私は考え方が違うってことだよ」

「やはりお前は変わったな。昔、俺の後ろをついてきていた泣き虫はもういなくなったわけだ」

「あはは、その話は恥ずかしいから他言NGで頼むよ」

「え、えっと……？」

話についてこられないマシロが頭にクエスチョンマークを浮かべていた。

いや、疑問に思ったのはそれだけじゃないかもしれないな。

俺は進路に割って入るように立っている男子生徒用の制服に身を包んだ彼女の紹介をしてやる。

「こいつはカレン・レベツェンカ。レベツェンカ公爵家の一人娘だよ」

「公爵家の……！　は、初めまして！　マシロ・リーチェです！」

「初めまして、リーチェお嬢さん。カレン・レベツェンカです。できれば、私とも仲良くしてくれると嬉(うれ)しい」

俺よりは頭一つ低いが、十分に男顔負けの身長を持つ彼女はマシロの手を両手で包み込むように握った。

「しかし、学院で話すのは入学式以来だな」

「私もちょっといろいろあってさ……」

言葉をにごした返事……妄想を膨らませるなら王太子と何かあった、とか。

あの王太子の学院での振る舞いについては小耳に挟んでいた。そのほとんどがろくでもない類いだが。

化粧でごまかしているが、うっすらと目の下に隈ができている。苦労しているという何よりの証拠だ。

しかし、カレンの口から聞くまでは詮索はしない。よほどのことがなければ、自ら首を突っ込むつもりはない。

「そうか。それで俺たちに何か用でもあったか？　わざわざ俺たちを待っていたんだろう？」

「えっと、それは……」

カレンの視線が俺の隣のマシロに向く。

……なるほど。俺ではなくこっちが狙いだったか。

「……マシロか？」

「そ、そう！　リーチェさんが困っていないか心配でね。いろいろと事件についても聞いていたから」

「お気遣いいただきありがとうございます」

「何か困ったことがあれば遠慮せず頼ってほしい。私でよければ力になるよ。貴族の上に立つレベツェンカ公爵家の者としてね」

レベツェンカ公爵家は代々軍部のトップとして、魔族に対しても隣国に対しても人々の平和を守り続けている。

そして、マシロに害を負わせたのはレベツェンカ家の派閥に所属するボルボンド家の息子だ。貴族が平民に情けをかけることはないが、根が優しいカレンは彼女を気にかけていたのだろう。

……目的がそれだけとは限らないが。

「困ったことがあれば俺が解決するから結構だ」

言い切ることによってレベツェンカ家はマシロに手を出すなと暗に忠告する。

もうすでに彼女はヴェレット家が手をつけていると、カレンも理解するだろう。

「確かに。オウガがいたら万事解決だろうね。……私も困ったら、またオウガに頼ろうかな」

「ふん、知った仲だ。用件次第では考えてやろう」

「っ！　……ありがとう、オウガ。そう言ってもらえるだけで勇気が出たよ」

そう言ってカレンが俺の手のひらを包み込むように握りしめる。

「……こういうのはお前の婚約者にしてやれ」

「ご、ごめん、昔の癖で……」

俺が即座に振り払うと、カレンは落ち込んだ様子で謝る。

こんな周囲の目がある場所で……王太子の婚約者である自覚がないんじゃないのか？

それにマシロから突き刺さる視線が痛い。大丈夫だ。俺は巨乳しか興味ないから。

空気が気まずくなったが、それを破ったのもカレンだった。

「そ、そうだ！　オウガは生徒会に入らないの？　ミルフォンティ生徒会長が時々、オウガの話題を口にしているよ」

その名前を聞いた瞬間、俺は眉間にしわを寄せる。

あいつ……まだ諦めてなかったのかよ。

「好きな時にお茶でも飲みに生徒会に遊びに来てください、と言っていたよ。いつのまに仲良くなっていたんだい？」

「ああ、ちょっとな。というか、生徒会に入っていたのか」

「もちろん。人の役に立てるなら本望だからね。……オウガは？」

「俺にはやりたいことがあるんでね」

「そうか……残念だよ」

そこまで生徒会の活動内容がわかっていたら、俺みたいな生粋の悪徳領主の御曹司が入るわけないと理解できるだろうに。

俺の周りに正義属性の奴、多すぎだろ……。

もっと俺の考えに共感してくれそうな自堕落系はいないものか……。

「時間を取らせて悪かったね……っと、そうだ」

立ち去ろうとするカレンだが、何かを思い出したようにポンと手を叩いた。

「……また、たまに声をかけてもいいだろうか。その……さっきも言ったけど顔を合わせるのも久しいし、公爵家同士の交流はあっても損ではないというか……」

「ほどほどにな。互いに立場がある」

「っ！　そ、そうか！　そうだね！　うん、そうさせてもらうよ。それじゃあ！」

手を上げると、元気よく自分の教室へと帰っていくカレン。

こいつも律儀な奴だ。

そんなにマシロが心配か。

とはいえ、日常生活にずっと監視の目が付くのも嫌だな……。

何かこちらも手札を増やしておくか。

カレンの身の回りに関して実家に調べてもらうとするか。

ずっと後方で影に徹していたアリスに実家への伝言を頼もうと今後について策をめぐらせつつ、俺は教室のドアを開けた。

「やぁ、オウガ。おはよう、奇遇だね」

「……」

「おや？　オウガたちも図書館を利用しに来たのかい？　実は私もなんだ」

「………」

「あっ、オウガ。実は、その……お昼……いや、なんでもない！　気にしないでくれ！」

「…………」

「なんでもないんだー!!」

声をかけて来るや否や、ダッシュで去っていくカレン。

というのが、さきほどあった出来事である。

「……なんだったんだ、あいつ？」

カレンと久方ぶりの会話を交わしてから一週間。

今まで学院内で顔を合わさなかったのが嘘みたいな頻度で彼女と遭遇する。

「ふふっ。完璧なオウガ様にもまだ勉強すべきことが残っていらしたみたいですね」

温かいお茶を淹れるアリスは微笑みながら、そう言った。

俺のコミュニケーション能力に問題があると……？

「可愛いじゃないですか、大型犬みたいで」

マシロにはカレンに尻尾が付いているように見えたらしい。

どうやら女性陣はカレンの行動にあてがあるらしい。

俺が主なのに疎外感があって、少し悲しかった。

「今度はオウガくんから誘ってあげたらいいんじゃないかな？」

「俺から？　どうして？」

「うーん、アリスさんの作ってくれたご飯美味しい～。これ何て言うんですか？」

「ハンバーガーです。オウガ様が考案されたレシピをもとに作ったんですよ」

「オウガくんって料理もできるんだ。すごいねっ」

いや、話を聞いてくれよ。

だが、マシロが美味しく頬張るハンバーガーの栄養が胸へ行き、さらに成長させるならまぁいいか……。

それに俺はいっぱい食べる子が好きだ。

一緒に食事をしていて楽しい気分になるからな。

「そもそも俺からあいつを誘うのはさすがにルール違反だろう」

「ルール違反？　何の？」

「なんだ、知らないのか。カレンはアルニア王太子の婚約者だ」

「王太子様の⁉　でも、レベツェンカさんって男装しているよね？　どうして？」

「……そのあたりを説明すると長くなるな」

もぐっもぐっ

カレンはレベツェンカ家で唯一の子だ。現レベツェンカ家当主は子宝に恵まれず、次々と新しい妻を作ったが、ついぞ生まれることはなかった。

問題だったのはその当主の思考が凝り固まっていること。

跡継ぎは男しか認めない。かといって血のつながっていない者は受け入れない。

そして、苦肉の策として施されたのがカレンを『男』として育てることだった。

……で、ややこしいのは『男』としての教育が進められ、事態が動いたのが一年前。カレンはなんとアルニア王太子の婚約者として国王直々に指名されたんだ。

王太子の婚約者は代々、四大公爵家の中から選ばれる。

他にも公爵家の現当主の娘はいるが、最も早く生まれたのがカレンで王太子とも同世代。いちばん古参のレベツェンカ公爵家の一人娘ということもあって、異論なくすぐに決まったらしい。

「だから、カレンは長らく慣れしたしんだ男性服を普段から好んで着用している、というわけだ。これはあくまで俺の想像だがな」

「貴族様にも深い事情があるんだね。それにしてもレベツェンカさん、かわいそう……」

「レベツェンカ家に生まれたのが、あいつの最大の不幸だろうな」

「えぇっと……それじゃあ、今の状況は王太子様にとって不味(まず)いんじゃ……」

不安気にキョロキョロと周囲を見回すマシロ。

「だから、あの日、俺はカレンが手を握ったのを振り払ったんだ。……問題になっていないのは王太子がカレンに全く興味がないおかげだな」

昨晩届いた実家からの手紙には二人の冷え切った仲について書かれていた。

この婚約は両方の親主導で行われており、カレンと王太子は元々親しい間柄でもない。

それに王太子の性格に難があるのは初対面の挨拶だけでもわかる。

カレンはずいぶんと苦労させられているのだろう。……今もずっとな。

「あの軟派王太子は他の女との遊びに夢中なのさ」

「え？　軟派王太子……？」

「あいつはカレンに全く興味がないからな。ほら、あそこ」

アリスの料理をつまみながら後ろを指さす。

そこには上級生の女生徒に囲まれている噂のアルニア王太子がいた。

「アルニア様。あ～ん」

「ん～、美味しいよ。やはりキミが作ってくれた料理が世界でいちばんだね」

「そんな……とても嬉しいですわ」

「殿下！　次は私！　私のを食べてください！」

「そんなに慌てなくても俺はいなくならないよ。あっはっはっ！」

なんとも楽し気な食事風景だ。

王太子は入学時からよくカレン以外の女を侍らせて青春を謳歌しているらしい。

最初こそカレンに遠慮していた他生徒だったが、最近はお構いなし。

件の本人は王太子の行動に対して触れずの態度を貫いているが、彼女の取り巻きたちは気が気でない様子。

「だからといって、俺と仲良くしていいこともないだろうに……」

——ん、待てよ？ 口に出して違和感を覚える。

レベツェンカ家にとってアルニア王太子との仲の修復は最優先事項のはず。きっと実家からも彼女に命は下っているだろう。

なのに、他の異性である俺に接近を図るメリットは……そうか、そういうことか……！

「クックック、カレンめ……俺を利用するとはな……」

「利用……？ 何か思い当たる節があるのですか、オウガ様？」

「最近あいつが声をかけてくるのは、てっきり生徒会勧誘のためだと思っていた。だが、もう一つ理由があったんだよ」

アリスはずっと武芸に心血を注いできたせいで女心を全くわかっていない。

仕方ないな。部下を成長させるのも上司の役目だ。

俺が説明してやろうじゃないか。

「カレンは王太子に嫉妬してもらいたいんだ。だから、他の男でかつ顔見知りの俺に積極的に声をかけている」

「…………」

「公爵家の俺との会話なら言い訳もしやすいからな。まさかこの俺を当て馬に使うとは……ずいぶんと成長したじゃないか、あいつめ」

「……アリスさん、おかわりくださいっ」

「はい、かしこまりました」

しかし、このままやられっぱなしというのも癪だな。

……そうだ！　あいつの作戦に乗っかってやるというのも一興かもしれない。

カレンは俺が自身に惚れないと考えているはず。

だが、俺が本気でカレンを好きになった演技をしたらあいつは困るに違いない。

なにせ悪評たっぷりの俺と仲良くなりすぎると自身の評価まで下がってしまうからな。

生徒会に所属し、正義感の強いレベツェンカ公爵家の娘にとって、これほど苦痛なことはないだろう。

やはり天才か……これなら一泡吹かせられそうだ。

カレンに対する今後の方針が定まった。

「そうだ、ボクからも質問なんだけど」

そう言って、マシロは王太子たちへ視線を送る。

「オウガくんもああいうのされてみたい？」

「おいおい、あまり俺を舐めてもらっては困る。これでも公爵家の長男だ。公衆の面前であんな真似──」

「してあげよっかと思ったんだけどな」

「──されたい」

「はい、あ〜んっ」

美味い!!

美少女に食べさせてもらっているから倍以上おいしい。

「も〜、かぶりつくからソースついちゃってるよ」

マシロがこちらに手を伸ばし、指で口端に付いたソースをぬぐってくれる。

「すまん。今ハンカチを」

「──ちなみになんだけど」

ゾクリと背筋に冷たいものが走る。

「オウガくんは無意味にハーレム作ったりしないよね？」

な、なんだ……!?

マシロからとてつもなく強烈な圧を感じる。

いつもはゆるふわマイナスイオンな彼女なのに……!?

「あ、ああ、もちろんだ。俺は誠実に向き合う」

ハーレムを作っても一人一人にちゃんと誠実な付き合いをするとも。

金目当てに寄ってくる女を囲ってもろくな目に遭わないからな。

「そっか。それならいいんだ」

どうやら納得したらしい。

身を乗り出していたマシロは引いて、いつもの雰囲気に戻っていた。

「さっ、お昼ご飯食べちゃお。お昼休み終わっちゃう」

「そ、そうだな……」

この後のハンバーガーの味はあまり覚えていない。

ずっと毎日が苦痛だった。

私の人生は私のものじゃない。

お父さまの、レベツェンカ家のために奪われた。

好きな人と結婚するという夢も、かけがえのない友だちも、何もかも。

だけど今の私には楽しみがある。

柱の陰に隠れていた私はきっちりとネクタイを締めて、みんなの理想のカレン・レベッェンカのイメージを作り上げる。

弱虫で格好よくない私なんて誰もいらないから。

あの時の私を受け入れてくれたのは彼だけだ……。

「……オウガ」

ずっと心の支えだった友だちの名前を呼ぶ。

どれだけ辛い毎日にも耐えられたのは魔法学院に入学したら彼と会える可能性があったからだ。

オウガ・ヴェレット。

周囲の評価など気にせず、自らの正義に従って生きる背中が大好きだ。

平民出身というだけでいじめられていたリーチェさんを助け、巷の噂では孤児院を救って荒れている地区の浄化活動にも精を出しているらしい。

彼は私を助けてくれた時からずっと変わっていない。

入学式の日、全然会っていなかったのに私だとすぐに気づいてくれた。

あれがどんなに嬉しかったか、オウガは知らないんだろうな。

それから生徒会の業務やアルニア王太子の相手で忙しくしている間に、リーチェさんというかわいいライバルが増えていたのはびっくりしたけど……。

いても立ってもいられず、朝から二人の仲を確認しにいってしまったくらいだ。

「おはよう、オウガ。今日は楽しい一日を予感させるいい天気だね」

登校している彼の姿を見つけた私は偶然を装って話しかける。

これが私の最近の日課。

「…………」

ふっ、わかっているさ。

つれない態度を取られても仕方がない。

それだけのことを私はしたんだ。

彼が傷ついた分、私も傷つこう。それで許してもらえる日が来るなら――

「おはよう、カレン。太陽に負けないくらい今日も輝いて見えるぞ」

「…………え？」

無意識に口から間抜けな声がすり抜けた。

「しかし、カレンの言う通りだ。確かに素敵な一日の始まりになったよ。朝からお前に会えたからな」

「…………」

「また良かったらゆっくり話そう。それじゃあな」

私の肩をポンと叩き、微笑みを浮かべたまま去っていく。

い、今のは……夢？

オウガが私を褒めてくれた……？

私に会えて嬉しい……？

彼が触れた部分にそっと手をやる。

ほんの少しだけ感触が残っていた。

「オウガ……」

バクバクと心臓が高鳴り始める。

眠らせていたつもりの気持ちは、今もまだ私の心にあり続けていた。

◇◇◇◇

「クックック……見たか、マシロ。あのカレンの呆けた顔を」

「そだねー」

「やはり俺の予想は正しかっただろう？　アリス、これからはアルニア王太子の動向にも注視しておいてくれ」

「かしこまりました」

俺の完璧すぎる演技に彼女たちも満足な様子。

ただ二人ともこちらに向けている視線が生暖かい感じなのが気になるが。

なんだか微笑ましい子供の成長を見守る母親みたいな……いや、気のせいだろう。

「この俺を政治利用するなど断じて許さん」

昨日、俺を当て馬にするというカレンの作戦を見破った俺は、さっそく対策を講じていた。

こうして俺からアプローチを仕掛けるのもその一環だ。

カレンは逆に断れない。なにせ彼女の目的は軟派王太子に嫉妬させること。

俺から言い寄ってくるのは一応、彼女にとって都合がいいから。

「アリスさん。オウガくんって可愛いね」

「オウガ様は世間のしょうもない事情で同世代との人付き合いの経験が乏しいのです。私たちは従者として成長なさる姿を見守りましょう。それに……」

「それに？」

「私たちには何か思い至らないところまで考えられているのかもしれません。なにせオウガ様は慈悲深く、正義を執行できる心をお持ちなのですから」

「えぇー……そうかな……そうかも……」

なにやら女性陣がコソコソと話しているが、聞き耳は立てない。

きっと二人も俺のあまりのイケメン演技に感心しているのだろう。

とりあえず、この作戦はしばらくの間は実行する。

終了のめどはカレンが俺を手に負えないと判断し、撤退するまで。

そうすれば生徒会の監視の目もなくなるし、一石二鳥だ。

やはり天才。勝ったな、ガハハ！

早朝から気分を良くした俺は意気揚々と教室へ入るのであった。

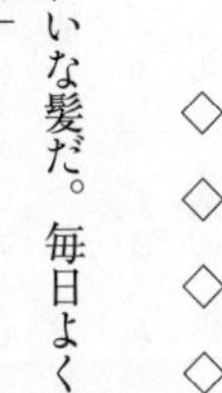

◇◇◇◇

「きれいな髪だ。毎日よく手入れしているのがわかる。カレンがみんなに好かれるのがよくわかるよ」

「なんだ、爽やかな花の香りがすると思ったらカレンか。女神かと思ったよ」

「カレンの肌はとてもきめ細かだね。まるで雪の妖精だ」

最近、昔馴染みの様子がおかしい。

普段の彼からは決して想像できない褒め言葉を羅列して、私に接してくる。

だが、それはそれとして。

「うへ……うへへへ」

周囲に誰もいないことを確認して、頬をにやけさせる。

私は制服の内ポケットに忍びこませている日記にさっきの出来事を書きこむ。

「オウガが私を褒めてくれた……と」

オウガは私の王子様なのだ。

そう、幼い頃から運命で結びついている。

昔の私はとても弱く、お付きのメイドにさえ馬鹿にされる始末だった。

政略結婚で生まれた私はこの世に生まれてきちゃダメだったんだとさえ思っていた。

あの日、オウガに手を差し伸べられるまでは。

オウガはすごい人だった。

我が道を征き、どんな障害でも乗り越えていく。

その姿が格好良かった。

『これでお前は俺のものだから』

そう言われた時は歓喜に体が震えたなぁ。

必要とされる喜び。この人になら一生を捧げられると思えた。

……いま思えば、あれは小さかったオウガなりのプロポーズだったのではないだろうか。

あれから私をいじめていた奴らから守ってくれたし。泣き虫の私と付き合うメリットなんかなかったし……。

そうに違いない。

そうか。オウガは私が好きなんだ。

じゃあ、両想いだ。

結婚しよ。

「ねぇ、オウガくん。レベツェンカさんにやってるやつ、ボクにもやってよ」

「やらん。絶対にやらん」

「えぇ～、ケチー」

「マシロ。お前、最近遠慮がなくなってきたな……」

廊下から仲睦まじく教室で話す二人を見つめる。

……そこは私の特等席のはずだったのに。

すれ違う度に立ち止まって会話する回数も増えてきた。

そうすればもちろん他の生徒たちからも注目される。

『オウガ・ヴェレットがカレン・レベツェンカを口説こうとしている』という噂がちらほらと聞こえてくるようになってきた。

ま、まぁ、私としては一向にかまわないのだけれど。

まだ本気で言葉にされてはいないが、またプロポーズしてくれないのだろうか。

そうしたら今度こそ私はちゃんと返事をする。

レベツェンカの名前なんて捨ててもいい。

新婚旅行は水の都・フロージャか祝福の花園・リリシェーラがいいな。

どちらも有名な観光地だし、きっと楽しい時間になるだろう。

屋敷じゃなくて小さな家で、家政婦もいない二人だけの時間を楽しみたい。

あっ、でも子供は5人は欲しい――

「カレン様」

――聞きなれた声に一気に頭が冷える。

声をかけてきた人物はレベツェンカ家の分家の子。

お父さまに雇われた監視役。

「この後はアルニア王太子殿下との会食が控えております。そろそろ移動しましょう」

「……わかっている」

憂鬱な時間だ。

逃避の妄想は終わり、現実が降りかかってくる。

……どうして私の婚約者はオウガじゃないのだろう……?

後ろ髪を引かれる思いを抑え、好きでもない相手との時間を過ごすためにその場を去った。

無言が支配する空間。

会話など生まれうるはずもない。

なぜなら私たちは愛を育んだことなど一時もないのだから。

「…………」

カチャカチャと食器の音が響く。

それでもこうして会食を行うのは父へのポーズをとるため。

だから部屋の中には私たち二人以外誰もいない。

仲が冷え切っているのが露見してはいけないから。

……いや、とうの昔に気づかれているかもしれないな。

笑い声など漏れたためしもない。

それでもこうして婚約関係を継続しているのだとしたら……私は本当に道具としか見られていないのだろうな。

「おい」

突然、呼びかけられて思わずビクリと震えてしまった。

思考に沈むにつれてうつむいてしまっていたらしい。

顔を上げれば、頬杖（ほおづえ）をついたアルニア王太子がこちらを見ていた。

「は、はい。いかがなさいましたか？」

「また金を工面してくれ。金貨5枚ほどでいい」

「なっ……つい先日もお渡ししたばかりではないですか」

「あれはもう使った。だから、こうしてお願いしているんだろ」

「つ、使った……？　いったい何に……」

「聞かんでもわかるだろうに。男のフリをしたキミとは違うれっきとした女にだよ」

「……っ！」

私だって好きでこんな男みたいな格好をしているんじゃない……！

窮屈なサラシなんて外して、スカート穿いて、可愛い服で毎日を過ごしたいのに。

男をやめた瞬間、父に何を言われるか。それが怖くて、欲望をさらけ出せない。

女の服はすべて捨てられ、立ち居振る舞いも、話し方も矯正させられた。

叩かれた痛みも、髪を引っ張られた痛みも、手を棒で殴られた痛みも全部染みついている。

父という呪縛が私を自由にさせてくれない。

今はこんなに女として求められているのに……上手くいかないのが自業自得だと知れば父はどんな顔をするだろうな。

「なんだ、その反抗的な眼は。俺は別に婚約を解消したっていいんだぜ？」

「そ、それは……」

「ただそうなったらキミの父上はどう思われるだろうな？」

……間違いなく幽閉される。

それだけならまだマシだ。影武者を用意され、恥をさらした私は辺境にでも飛ばされるだろう。

私は確かに跡継ぎになれるように教育を施されたが、それ以前に役に立たなければ捨てられる立ち場なのだ。もしくはどこか有力貴族の子供を産むことだけを言い渡されるかも知れないな……。

あの人ならそれくらいは普通にやってのける。

父にとってはすべてが道具だから。

レベツェンカの家を大きくするために使ってやっているだけ。

「わかっただろ？　キミは俺の言うことを聞いておけばいいんだよ」

ニタリとあくどい笑みを浮かべるアルニア王太子。

彼はわかっているんだ。

私が父上に逆らえない事実を。

だからこうして多額の金銭を要求してくる。

「そうすれば王家の血も家系に取り込める。レベツェンカ家は公爵家の中で他家よりも一つ上の扱いになる。跡継ぎもできる。キミの父上も大喜びさ」

私が父上にお願いなどできないとわかっているくせに……！

父上にお金の用意を頼めば、用途がバレて国王様の耳にも入るだろう。

そうなれば王太子は国王に怒られる。

その後の展開は誰にだって予想できる。

気分を悪くした彼は私に婚約破棄を突きつけるのだ。

つまり、もとより彼は私と結婚するつもりなんてない。

魔法学院に入学してからの要求をすべて私財で賄ってきた。

それももう限界に近い。

「ったく、父上もなにが庶民の気持ちを理解するためだ。俺は王太子だぞ。金くらいポンとくれれば、こんな面倒な付き合いなんてせずに済むのに」

アルニア王太子の気持ちは言葉の通りなのだろう。

私なんかと結婚したくない。もっと遊びたい。

無茶な額の金銭を求めてくるのも婚約の破棄がしたいから。

「じゃあ、また来週。お金、その時までに用意してくれよ」

バタンと扉が閉まる。

一人ぽつんと取り残された私はふと自分の手を見た。

剣だこでボコボコになった掌。

王太子よりも高い身長。吊り上がった瞳。

男として生まれていれば、こんな辛い思いをせずに済んだのだろうか。

どうして私は女として生まれてきたんだろう。

うつむくと視界に入る長い髪。

「こんなもの……こんなもの……！」

テーブルに置かれていたナイフを取って、切り落とそうとする。

『きれいな髪だ。毎日よく手入れしているのがわかる。カレンがみんなに好かれるのがよくわかるよ』

「……っ！」

だけど、彼の言葉が脳裏に浮かんで数本の髪がひらりと落ちるだけに終わった。

手からナイフがすり抜けて、私は力なくその場に崩れ落ちる。

「……助けて……。助けてよ、オウガ……オウガぁ……」

涙で顔をくしゃくしゃにした私はこの場にいない王子様（ヒーロー）の名前を呼び続けた。

◇◇◇◇

「──というわけで、何か聞いていませんか、オウくん」

「……いつから俺と生徒会長（あんた）はそんなに親しくなったんだ？」

放課後、校舎入り口で待ち伏せしていたミルフォンティ生徒会長に捕まった俺たちは生徒会室を訪れていた。

無視して帰ってもよかったのだが『カレン』の名前を出されては引き下がれない。

ここ最近彼女にはちょっかいをかけている。

そんな彼女に関する話題らしく、こうしてマシロとアリスと共についてきたわけだが……。

「不満でしたか？　では、ウガウガで」

「余計にダサくなってるのは気のせい？　ウガウガとはなんだ、ウガウガとは」

「響きが可愛くありませんか？　ウガウガ」

「微塵も感じない」

「困りました……。う～ん、では、ダーリンで」

「ミルフォンティ生徒会長？　怒りますよ？」

抗議の声を上げたのはマシロだった。

最近、何かの地雷を踏むとお怒りモードに入ることが多くなっている気がする。

問題は地雷がどこに埋まっているのかがわからない点だが……俺はそのあたり敏感なので大丈夫だろう。

前世では良い人を演じるために人の顔色はよくうかがって生きていた。

タップダンスをしても踏まない自信がある。

それにしても以前はオドオドしていたのに、もう自分の意見をしっかり言えるようになるとは成長が早くて俺は嬉しいぞ。

「うふふ。愛されていますね、ヴェレット君」

「ああ、相思相愛だ」

俺はマシロのおっぱいに惚れ、人柄を知り、もっとマシロを気に入っている。

コロコロと表情が変わって見ていて飽きないし、おっぱいはデカいし、向上心に溢れている
し、最大サイズの制服でもはち切れんばかりの胸が好きだ。

「も、もうっ。オウガくんのえっち。見すぎっ」

「英雄色を好む……ですか。それでしたら、私の胸などいかがです？　誰もが憧れる生徒会長
の胸を凝視してもいいのですよ？」

「貧しいものを見ても心が貧しくなるだけだろうが」

「…………」

「ひっ⁉」

ピシリとミルフォンティが持つティーカップの持ち手が割れて、中身がテーブルにこぼれた。

マシロは生徒会長から漏れ出るどす黒いオーラに気圧されて、とっさに俺の腕にしがみつく。

あ～、癒し癒し癒し。

女子力の差が如実に表れたな。

本当になんだ、この大きさ……。固定資産税がかかってもおかしくないだろ……。

「……さて、場も温まりましたし、冗談はここまでにして本題に戻りましょうか」

冷えまくっているんだが？

ツッコミもほどほどに彼女が切り出した話題は冒頭でも俺たちに尋ねてきたことだ。

「レベツェンカさんが今日の生徒総会を無断で休みました。皆さんは何も知らないんですね？」

「あんたから聞いたのが初めてだ。しかし、今朝は元気そうだったがな」

「とすれば、何かあったのはそれ以降になりますね」

「何かあった？　そう思う理由は？」

「彼女は真面目で責任感の強い人です。無断で職務を投げ出す方ではないと思っています」

生徒会長の評価は正しい。

カレンは他人に迷惑をかけるのを嫌う性格をしている。

それこそ自分が我慢すればいい事項なら嫌なことでも引き受けるくらいには。

「それだけならわざわざ俺たちを引っ張ってこないだろ」

「……ふふっ、見抜かれていましたか。実は心配になって寮の部屋も訪ねたのですが返事はなく……いったいどこにいるのでしょう」

「中はちゃんと調べたのか？」

「ええ、もちろん。でも、誰もいませんでしたよ？」

「…………」

「最近、仲良くしていらっしゃるみたいですし、何か思い当たる節がないかと思ったのですが……ヴェレット君？」

「……そうか。まぁ、行き違っただけだろ。学院の外に出るわけがない。あいつの立場を考えたならな」

「私もそう思います。ですが、もし彼女を見つけたならご一報ください」

「わかった。それくらいなら協力しよう」

こんな簡単なことで恩が売れるなら、少しくらい時間を割いてやるか。

どうせ授業内容もすでに履修済みの範囲だ。

復習も必要ないし、放課後は時間を余らせていたからな。

これで用件も終わりだろう。

俺は席を立って、生徒会室を出ようとする。

「彼女がアルニア王太子によって苦しめられているのはご存じですか？」

……が、新情報をぶつけられて足を止めた。

あの軟派王太子に……そうか。

やっぱりカレンはあいつを心の底では想っていたんだな。

今回の一件も自分を見てくれない悲しさから衝動的にやってしまったに違いない。

当て馬役にされていた俺の予測は当たっていたわけだ。

「っ！　やはりあなたならば気づいていると思っていました。近頃の活躍の噂は耳に入っていましたから。だから、学友と交流を持ってこなかったにもかかわらず、急に接近し始めた……違いますか？」

「……さぁ、どうだかな」

「……ああ、もちろんだ」

そこまでバレているのか……⁉

俺は視線だけアリスに振るが彼女はミルフォンティに見えない位置で小さく×を作った。

つまり、監視はされていない。

彼女は自分が持ちうる情報だけで推測を立て、本質にたどり着いたわけか。

流石は天下の魔法学院全生徒の長を務める人物だ。

想像以上にできる。俺は彼女の危険度をグッと上方修正した。

「誰もが彼の行いに目をつぶるでしょう。しかし、私個人としては見逃せません」

やはり同じ女性として、王太子の振る舞いは看過できないものがあるのだろう。

ミルフォンティ生徒会長は別に媚びを売る必要はないし、顔で男を決める輩にも見えない。

だからこそ、こうして真っ当に批判ができる。

俺に正直に話しているのは俺が同じ考えを持っていると確信しているから。

「そこで、です。あなたに提案があります」

「提案？」

「はい。受けるにしても受けないにしても、一度だけ聞いてみませんか？」

彼女は先ほど俺の噂について知っていると言っていた。

……確かに今回の案件、俺みたいな悪役じゃないと引き受けられない話になりそうだ。

「……俺を利する提案かどうか。判断させてもらおうか」

俺が再び腰を下ろしたのを見た彼女は嬉しそうに微笑む。

「それに関しては心配はありません」

「――この学院内ではミルフォンティが最高権力なのですから」

◇◇◇◇

暗い。暗い闇の中。

静かで、自分の息と鼻をすする音しか聞こえないような孤独な空間。

あぁ……この狭さが落ち着く。

こうするのは小さな時以来だな。

私は強くなんてなってなかった。なったつもりでいたんだ。

私の存在意義ってなんだろう？　私の人生ってなんだろう？

ずっと答えの見えない自問自答を繰り返している気がする。

「……！」

ガチャリと鍵が開く音がした。

……今度は誰だろう。

ミルフォンティ生徒会長が来た時は無視を貫いてしまった。

きっと迷惑をかけた私はもう生徒会をクビだろうな。

でも、いいんだ。どうせ私はお父様に実家に連れ戻される。

だったら、それまでの間、一人でゆっくりしたい。

このまま暗闇の中でずっとずっと——

「やっぱりここにいたか」

——え？

射し込む一筋の光。

聞きなれた声。ずっと聞いていたい声。

顔を上げれば、そこには呆れた表情をした彼がいた。

「あっ、えっ……なんで……？」

「昔から嫌なことがあったらクローゼットに隠れていただろう。今回もそうだろうなと思っただけだ」

「お、覚えていてくれたんだ……」

「何回捜したと思っているんだ。もう忘れられないくらい染みついている」

「あ、あはは……」

彼の記憶に私が残っていた。

その事実が嬉しい。

嫌われて抹消されていてもおかしくないのに。

あの時と変わらず、呆れた風に肩をすくめている姿が嬉しかった。

「流石の生徒会長もクローゼットの中までは調べなかったみたいだな……って、何してるんだ？」

私は今の顔を彼に見られたくなくて、思わず手で隠してしまう。

こ、こんな化粧も崩れたひどい顔、絶対オウガの目に入れたくない……！

「い、いや、そのさっきまで泣いてたから目も腫れてるし、見られるの恥ずかしい……」

「知るか」

「あっ」

手を引かれて、あっさりと連れ出される。

転びそうになった私はそのまま吸い込まれるように彼の胸へ。

抱き着く形になって離れようと思ったけど、そうする前にポンと頭を撫でられた。

「お前の泣き顔なんて見慣れてるんだよ。今さら気にする必要ないだろ」

「……そっか。そうだね……」

胸もとに顔を埋めて、そのままそっと腰に手を回す。

昔、慰めてもらっていた時のように。

「……ありがとう、オウガ」

安心した私は隠すことなく、もう一度泣き声を漏らした。

◇◇◇◇

俺は今、夜の校舎を駆け抜けていた。

腕に長身を縮こまらせているカレンを抱き上げながら。

「えっ、えっ……どうして私はお姫様抱っこをされているんだろう……夢？　そうか、夢なのかもしれない。現実逃避に脳が見せている私に都合のいい夢なんだ」

ボソボソと早口で呟(つぶや)いているカレン。

その顔は赤らんでおり、呼吸も荒い。

揺れがしんどいのだろうか。

仕方ない。抱き寄せる力を強くして、揺れを少なくさせよう。

「──!?」

なぜか声にならない声をあげるカレン。

熱でもあるのかと思えるくらい紅に染まった顔。

昔みたいに引きこもって泣いていたせいで熱がこもっていたのかもしれない。

そうでなくてもストレスが積み重なると体調は悪くなる。

走る時の揺れがトリガーになった可能性は否めないだろう。

「悪いが、このままじっとしていろ」

「……!　……!」

コクコクと頷く彼女は俺の首へと腕を回す。

『誰にも見つからず、生徒会室まで彼女を連れてきてください』

それがレイナ・ミルフォンティから出されたミッションだった。

となれば当然、寮をまともに出るわけにはいかない。

周囲の視線が無いのを確認して窓から飛び降りて今に至るわけだが……。

「オウガ様。こちらです」

「わかった」

事前に下見をさせていたアリスの案内に従って、後ろに続く。

「オ、オウガ……いったいどこに私を……?」

「生徒会室まで」

「えっ⁉」

カレンを無事に生徒会室まで届ける。

これは生徒会長との約束だ。

「お待ちしておりました、レベツェンカさん」

射し込む月明かりだけが照らす部屋の中央でニッコリと微笑むミルフォンティ。

相変わらず胡散臭い、作り物の笑顔だ。

すっかり青ざめていたカレンを床に下ろすと、彼女は視線で助けを求めてくる。

……が、当然無視。

どんな事情があったとしても無断で職務放棄をしてはならない。

それに話を聞く限り、ミルフォンティはカレンを助けようとしている。

ここは突き放してでも誠心誠意謝らせた方がいい方向に転ぶはずだ。

「た、大変申し訳ございませんでした……！」

「はい、よろしい」

「……え？」

「私は怒ってなどいませんよ。生徒会役員が一人抜けたところで仕事が回らなくなるような組織作りはしていませんから」

それよりも、と彼女は続ける。

「あなたが素直に謝って、ちゃんと私たちの前に出てきたことが嬉しいです。ねぇ、ヴェレット君？」

「そうだな。カレンがいないと話が進まない」

俺はカレンの前に立つと、肩を摑んで視線を合わせる。

「えっ？ な、なに？」

「カレン……お前と王太子との事情は聴かせてもらった」

「そ、それは……」

カレンにとっては聞かれたくない話だったろうが、俺にとっては有益な情報だった。

俺はてっきりただ仲が良くないだけだと思っていた。

しかし、実態はもっと闇が深く、こうしてカレンは傷ついている。

そこで思い出してほしい。

俺がしてきた行動を、カレンにかけてきた甘い言葉の数々を。

結び付ければ導き出される答えは一つ。

……あれ？ もしかして本当にカレンに惚れられてしまうのでは？ だ。

それは不味い。非常に不味い。

なので、まずはカレンの気持ちを確かめる必要があった。

「カレンはどうしたい？」

「わ、私は……」

「しがらみなんて考えるな。お前の素直な気持ちを教えてほしい」

そう告げると、彼女の身体から震えが消える。

きゅっと、服の裾を握りしめた。

「……オウガといたい。……昔みたいに、一緒に」

ほら、やっぱり！　好感度を稼ぎすぎてしまっていた。

ミルフォンティから事情を聴いた俺の脳裏をよぎった恐ろしい可能性がこれだった。

俺はハーレムを作りたい。

なのに、レベツェンカ公爵家の娘に恋慕されていると噂になれば誰もが俺の手を摑もうとはしないだろう。

公爵家の圧が怖いから。

なので、カレンにはこれまで通り、王太子の婚約者として生活してもらわないと困る。

だが、今のままではありえない未来。そこで俺とミルフォンティが介入する。

「……そうか」

ゲームセットの笛は鳴っていない。

まだまだリカバリーできる。

その案を俺はすでに思いついていた。

今回のミルフォンティの狙いも同じはず。

でなければ、悪として名高い俺にわざわざ取引を持ち掛けない。

「お前の望み通りにはならないかもしれない。だが、全力は尽くす」

「……ごめん。私、あの時の弱いままだ」

「気にするな。頼るのは悪いことじゃない。あとは俺に任せろ」

「……うん」

勝手に動かれても困るからな！

全て俺に任せてくれ。大丈夫！　悪いようにはしない！

ミルフォンティは全ての責任を負ってくれるらしい。

カレンのクソ親父(おやじ)の対応も学院長自らがしてくれるそうだ。

ならば、俺が演じるべきはもとより悪役(ヒール)のみ。

「ミルフォンティ生徒会長」

「はい、何でしょう？」

「アルニア王太子との決闘を望みます」

俺がクズでダメな軟派野郎をボコって挫折を与えて改心させる。

そして、改心させた王太子に今までの清算をさせて0から再びカレンとの人生を歩んでもらう。

名づけて【王太子のニューゲーム作戦】だ……！

「アルニア王太子との決闘を望みます」

真っ直ぐ私を貫く視線にゾクリと心が震える。

どこまでも、どこまでも己を曲げない正義の象徴——オウガ・ヴェレット。

どういう発想をすればたかが幼なじみのために王太子に喧嘩を吹っかけられるのか。

でも、私はヴェレット君ならやってくれると疑わなかった。

自ら率先して平民であるリーチェさんの居場所を確保。

荒れた田舎へ足を運び、孤児院の子供たちを救済。さらには自立できるように自治領で援助まで。

治安悪化を懸念し、優秀な人材を各地に巡回させて警備部隊まで作り上げた。

全てが貴族としてありえない行動。

それらに踏み切れる理由は考えられる限りただ一つ。

正義心。

彼が持つ聖なる心が悪を許さんとばかりに突き動かしている。

最近は生徒間でも話題にのぼることが多くなった彼だが、同時に『名声目当て』や『裏では多額の金銭をせしめている』などの悪口もよく聞く。

だが、そんなのはちょっとでも考えれば嫉妬を含んだただのでまかせでしかないとわかるはず。

【救世主】と噂(うわさ)されていても、驕(おご)りがないのは名声に興味がないからだ。

公爵家の人間である彼が今さら平民から搾れる少額の金銭を欲しがる理由もない。

その正義心に私は賭けた。

そして、勝った。

「ええ。生徒会長として申請を受理しましょう」

胸の内でほくそ笑む。

ここまで描いた筋書き通り。

先生もお喜びになるでしょう。

王太子をだしにしてボルボンドのバカ息子の証言が本当なのか確かめられる。

マジック・キャンセルをこの目にできる。

そういう意味では今回の問題は彼をたきつけるにはとても都合がよかった。

「だ、だけど、そんなの王太子が受けるわけが……」

レベツェンカさんの不安ももっともです。

だけど、今回は間違いなく——

「いや、あいつは受ける。【落ちこぼれ】が相手だからだ」

彼の言う通り。

世間一般に魔法を消す魔法——先生はマジック・キャンセルを仮称としている——は広まっていない。

私たちでさえ確信には至っていない技術。

アルニア王太子はトップレベルではないが、王家の子として高い水準の実力は備えている。

ましてやプライドの高い王太子のことだ。

格下と思っているヴェレット君との勝負を避ける真似はしないはず。

もちろん要因はそれだけじゃないけれど。

「それでは先に、勝った時の要望を聞いておきましょうか」

決闘制度は我が学院の名物だ。

魔法の実力によってすべてが決まる。身分など関係ないとうたっているからこそ採用できる校則。

内容はいたって簡単。

勝者の言うことを敗者が受け入れる。

賭けるものはなんでもいい。地位、金銭、知識、身体、恋人、婚約者……。

対戦相手が了承したならば、なんでも。

「ミルフォンティ生徒会長。一つ質問なんだが……カレンにその権利を譲っていいか？」

「えっ⁉」

その提案にレベツェンカさんは驚いていますが、私からすれば想定の範囲です。

彼はほとんど物欲を持っていない。

この決闘もレベツェンカさんの待遇をよくするために行うだけ。

故に彼女にゆだねたのでしょう。

カレン・レベツェンカの未来を彼女自身に選ばせるために。

その結果、どうなろうとヴェレット君は潔く受け入れるはずです。

「アルニア王太子側が受け入れたなら問題ありません。では、そのように手配しておきましょう」

「俺からあっちに話を通しておいた方がいいのか？」

「いいえ、私から先方に話を通しておきましょう。決闘を取り仕切るのも生徒会の業務の一つですしね」

「助かる。ついでに、もう一つ伝言を頼まれて欲しい」

「なんでしょう？」

「相手の要望はなんでも受けると言っておいてくれ」

「……！　それはそれは……。私としても仕事が楽になるので大助かりです」

切り貼りして作り上げた笑みから久しぶりに表情が変わったかもしれない。

実際にはそんなことはないのだろうけど、今の私は高揚している。

彼はいずれ【英雄】に至るかもしれない。

それだけの資質を秘めている。

なるほど。先生が成長しきる前に早く消したいと思うのも無理はないわけだ。

正義の心を持った英雄……先生が成し遂げたい夢の世界では間違いなく敵として立ちはだかるでしょう。

「でも、本当にいいのですか？　無条件に受け入れるだなんて」

「そ、そうだよ、オウガ！　私のためにこんな……！」

「俺がやりたいと思って動いているだけだ。お前のためでもないし、お前が気にすることでもない。俺が俺であるために、この決闘は必要なんだ」

そう言われては、もうレベツェンカさんは何も言い返せない。

ズルい人だ、ヴェレット君は。

「……ごめんなさい……ごめんなさい……」

「ふっ……見違えたと思っていたが、泣き虫は変わらないんだな。……カレンは俺が負けると思っているのか？」

ブンブンとレベツェンカさんは首を左右に振る。

彼はひざを折って彼女と目線を合わせると、そっと指で涙をぬぐった。

「だったら、笑って応援してくれ。お前にはそっちの方がよく似合う」

「オウガ……」

……後輩が完全にメスの顔をしているのを直視するのはなかなかキツイですね……。

そういうのは部屋に戻ってからしてください。

そして、翌日。

アルニア・ロンディズムとオウガ・ヴェレットによる決闘が成立した旨が生徒会より発表された。

◇　◇　◇　◇

『アルニア王太子VSオウガ・ヴェレットの決闘成立!!』

『カレン・レベツェンカをめぐる愛を賭けた戦いか!?』

「ふむ……」

学院内で配られている号外の見出しは随分と面白おかしく書かれていた。

実際は俺も軟派王太子もカレンに恋慕の愛情は持ち合わせていないのに。

ちゃんとこの間も『カレンのためじゃなく、俺のため』と念を押した。大切なことだから二回も言った。

これであいつも変な勘違いはしないだろう。

「しかし、ここまで嘘で固めてあると笑いも出ないな」

記事には王太子の意気込みも記載されており、『全身全霊をかけて臨む。彼女の心は誰にも譲らない』とコメントしていた。

ギャグか？　どんな面してこの発言をしたのか、問いただしたいものだ。

流石の俺でも不愉快になる。

すでに学院内では王太子応援のムードが出来上がりつつあった。

まぁ、当然だな。俺はインタビューも断ったし、もとより風評も悪い。

とはいえ、ここまでは想定通りだ。

俺の望んだステージが出来つつある。俺が悪役として仕立て上げられるほど、王太子を負かした際に与えるダメージは強くなるだろう。

つまり、カレンが奴につけこめる隙が大きくなる。

「オウガくんが新聞部を相手にしないからボクのところにまでインタビュー来ちゃったよ。お祭りかってくらい盛り上がってるよね」

「新入生による初めての決闘。それも公爵家と王家のご子息同士ですから当然の流れかと」

「ふん、好きに騒がせておけばいい。俺は俺の覇道を往く」

「はい。それでよろしいかと」

「うんうん。レベツェンカさんもすっごく可哀想(かわいそう)だし——わぷっ」

人の気配を察知して、マシロの口を抱き寄せる形でふさぐ。

いくら身分は関係ないとはいえ、本人に聞かれるのはあまりよろしくないだろう。

さらにマシロのおっぱいも同時に堪能(たんのう)できるという素晴らしい機転だ。

「これはこれはアルニア王太子殿下。どのようなご用件でしょうか?」

「ずいぶんと好き勝手してくれるじゃないか、【落ちこぼれ】の悪役気取りくん?」

愛想(あいそ)のいい他所向けの笑顔ではなく、口を三日月形にゆがめたあくどい笑みで声をかけてきたアルニア王太子。

女子相手に向ける表情は作り物で、こちらが本性なのだろう。

生徒会長に聞いた情報の男(アルニア)によく似合っている。

ならば、俺も相応の態度で接するとしようか。

「いいのか、本性を出していて」

「ここには滅多に人が来ないのはお前も先の事件で知ってるだろ?」

「まぁな。旧校舎に用がある生徒はそういない」

だから、ここに誘導したのだ。

ここ数日、露骨に俺との接触を図ろうとしていたのは気づいていた。

奴の息のかかった連中がうろちょろしていたからな。

今だって一人で来た風を装って、周囲には人の気配がある。

しかし、隠れ方がへたくそだな。アリスでももっと深く気配を鎮められるぞ。

「……で？　わざわざ王太子様が何の用だ？　決闘日はまだだぞ」

「簡単な話だ。優しい俺が慈悲をかけに来てやったのさ」

アルニアはヘラヘラとした様子で俺の肩をポンと叩く。

「決闘を降参しろ。もう十分格好つけただろ。悪役気取りは討伐される前に退場しな」

「断る」

予想通りの提案だったので即答して、手を払いのける。

居場所を失った手を呆然と眺めた後、アルニアはギリッと歯を食いしばった。

「てめぇじゃ役者にもなれないって言ってんだよ。わかったら手を引け」

「そっくりそのまま返してやる。相手は明日してやる。今日は帰れ」

「世間体を気にするもクソもないだろ？　また引きこもっていればいいんだよ」

聞く耳もたず、か。いや、本当に早く帰ってほしいんだけど……。

というかこいつ、本当に性格変わってくれるのか心配になってきた。

いや、ショック療法だ。

自分の未熟さを知れば、もう一度立ち直れるはず。仮にも王族の血が流れているんだ。

それくらいの気概は備わっているに違いない。そう思い込まないと俺がやっていけない。

……となれば、俺がするべきは一つ。

「……なんだ、お前。もしかして俺が怖いのか？」

煽って、絶対に全力でぶつかってくるように仕向けることだ。

これで完膚なきまでに叩き潰せば言い訳も効かないからな。

みんなのために事前に逃げ道を潰しておく。

「あーあー。せっかく人が優しさ見せてやってんのにさ……もう決めた。てめぇ、殺す」

「ふん。事故にでも見せかけるか？」

「どうだろうな。でも、お前みたいな魔法も使えない奴、死んでも誰も悲しまねぇだろ。家族も逆に喜ぶんじゃねぇの？」

グッと威圧感が増した。……背後からの。

落ち着け、アリス、マシロ……！

イラついてるアルニアより何倍も怒気が膨れ上がってるから！

こいつとの会話よりお前らがいつ暴走するか、そっちの方が気がかりなんだって！

アルニアも俺の気遣いをわかれよ……！

「あれから遊びもできなくてストレスが溜まって仕方ねぇんだよ。せいぜいストレス解消くらいには付き合ってくれよ」

「残念な相談だ。あいにく俺はサンドバッグになってやるつもりはない。わかったら帰れ」

「じゃあ、従者たちにもご主人様の責任を一緒にとってもらわないとなぁ？」

伸ばそうとした腕を掴んで、握りしめる。

馬鹿野郎！　死にてぇのか⁉

「へぇぇぇ……。そんなに必死になって。よっぽど後ろの二人が大切みたいだな……ますます楽しみになってきたぜ」

そら必死だよ！　ここを血で真っ赤に染めたくないしな！

これ以上二人の神経を逆なでしたら、ここに死体が一つ出来上がってしまうと直感したから。

流石に王太子殺害は不味い。俺の楽しい異世界生活が一気に逃亡サバイバルに変わっちゃう。

「……一つだけ言っておく。お前の汚い手で大切なハーレムに触れるな。わかったら帰るんだな」

「オウガくんっ……」

「……より一層の忠誠をあなたに、オウガ様……」

「ふん、ずいぶんと互いに入れ込んでるみたいじゃないか。まぁいい。決闘が終われば、全部が俺のものだ」

「「…………」」

アルニアは上から下まで舐めつくすような下卑た眼を二人に向ける。

……おい、アルニア。俺だってイラついてんだぜ？

俺のモノにこうも不躾な態度をぶつけられていい気分なわけがない。

「……それがお前の要求か？」

王太子と彼女たちの間に身を入らせてから奴の腕を解放する。

「ああ。悪役から婚約者を守り、いたいけな平民を救済する。完璧なシナリオだろ？」

「そうか？　お前の負けが確定している時点で崩壊している」

「……こいつ。口だけは一丁前に成長して――」

「――ここで言い合っていても仕方ないだろう。結果は全て明日に決まる」

これ以上、長引かせたくない俺は遮るように声を被せた。

「だから、さっさと帰れ」

明確にこの場から去れ、とアルニアが出てきた方向を指さす。

もう三度目の帰れアピールだ。

そろそろ理解してもらいたいものだが……言いたいことは全て言い終えたのだろう。

ようやく踵を返すアルニアは最後にこちらを睨みつける。

「……ああ、そうだな。逃げるなよ。明日がお前の人生が終わる日だ」

「いいや、お前が生まれ変わる日だよ」

そのままアルニアだけでなく周囲に人の気配がなくなるまで背中を見届ける。

……ふぅ、ようやく帰ったな……。

「オウガくん……！」

「うおっ⁉」

おっぱいが……！　背中に柔らかい感触が……！

マシロが抱き着いてきたおかげで一気に荒れていた空気が霧散し、日常が戻ってきた。

彼女はそのまま離れることなく、首筋に顔を埋める。

さらりとした髪が少しこそばゆい。

「ボク……本当に幸せ者だな～って」

「ええ、あれだけの言葉をかけていただけるとは……オウガ様にお仕えできたのは私の人生の誇りです」

「……俺は俺の責任を取っただけだ。大げさなことでもないさ」

「……ほんと、そういうとこなんだけどね」

「何か言ったか？」

「ううん、別に。オウガくんならこうするよねって改めて思っただけだよ」

「俺じゃなくても、同じようにすると思うがな」

【王太子のニューゲーム作戦】を実行するにあたって必要な条件は二つあった。

決闘を学院長に公認してもらい、結果に対して王家に手出しさせないこと。

多くの証人を用意すること。

それらはミルフォンティが一枚嚙んでくれたおかげで、すでに満たしている。

後は俺が決着の場で圧勝すれば良い。

つまり、もうすでに成功する未来しかないのだ。

気をつける点と言えば、力の差を見せつつも王太子が倒れないように調節するくらいか。そうすることで挫折を与えると同時に更生させるチャンスが俺に巡ってくる。

敗北した王太子に「必死に食らいついてきたあなたこそ、カレンにふさわしい」とささやけば奴は「カレンの隣にいる」ことを心の支えにして立ち直るだろう。

メンタルケアもしつつ、カレンも引き離せる！　なんて完璧な内容だ！

「クックック……心配するな、マシロ。俺の歩む覇道はこんなことで止まらん」

この【王太子のニューゲーム作戦】が成功すれば仲介をした俺は王家とレベツェンカ家に貸しを作れる。

二つの家に対して強みを持てるのはそうそう巡ってくる機会じゃない。

そして、改心したアルニアが次期国王になれば俺の存在感は強大なものになる。国王と王妃に懇意にされている貴族……実にいいじゃないか。

「大丈夫。ボク、オウガくんの勝利を疑ってないから」

「ほう、俺のことをよくわかってきたじゃないか」

「それにボクは隣を歩くだけだから。たとえどんな道でも。——今はこうするけどねっ！」

ということらしいので、マシロを背負ったまま再び歩き出す。

アリスもいつも通り隣に並んだ。

……うん、やはりこれがいちばん心地いい。

「しかし、オウガ様。よろしいのですか？」

「何がだ？」

「王太子の実力ですが、当初の想定よりも……その……」

アリスが言いよどむということは俺の見立て以上に王太子が強いと感じたに違いない。

つまり、【魔術葬送（デリート）】が必要になる可能性があると。

だが、俺は【魔術葬送（デリート）】を使うつもりはない。

マシロの時は目撃者もほとんどいないから気にしなかったが、今回はさすがに全校生徒が証言者となってしまう。

父上たちとも入学前に扱いについては話していたからな。

そのあたりは俺もきちんと考えている。

「心配するな。織り込み済みだ。そのうえで叩（たた）き潰す」

「……なるほど。今後を考えれば最善ではあります。失礼いたしました。私の考えが浅はかなばかりに」

「いや、俺も意見が一致して安心した。気にしなくていい」

マシロがずり落ちないようにすべすべの太ももに手を回す。

ギュッと掴むと、少しムチムチしていた。

「……オウガくん？」

「何でもない。さぁ、寮に戻ろう。明日の準備もしないといけないからな」

いつものように寝て、いつものように起きれば、その時はやってくる。

緊張など生まれもしない。

結果の見えている勝負など、ただの行事でしかないからだ。

通された控室には俺とカレンの二人のみ。

生徒会長と学院長も先ほど顔を出したが学院長は「決闘の後処理は私に任せなさい」と言って、二人ともすぐに立ち去っていった。

激励に来てくれたアリスとマシロも客席へと移動している。

その後、おずおずとした様子でカレンがやってきたわけだが……。

「オウガ、調子はどうだい？　昨日はよく眠れた？」

「その言葉、そっくりそのまま返すぞ」

「ハハハ……」

乾いた笑いを浮かべるカレン。

「クマが出来ていたら、綺麗な顔が台無しだろ」

「きっ、きき……！　ごほんっ。そ、そうだね。あとで化粧し直しておく」

……いや、それも無理ないか。

今日で自分の未来が決定すると考えれば寝付けないのも仕方ない。

ましてや未来を預けている男は魔法適性ゼロ。

ぐっすり眠れる奴は肝が据わりすぎている。

「心配するな。俺が負けた姿を見たことあったか？」

「……ううん、ないよ。昔からオウガがいじめっ子も全員追っ払ってくれたのを覚えてる」

「だろう？　そうだ。賭けが行われているみたいだし、やってきたらどうだ？　俺に賭ければ儲けられるぞ？」

「あはは、そうしようかな。ちょっとでも取り返したいしね」

そう言って肩をすくめるカレン。

言葉を交わして、少しは緊張がほぐれたみたいだ。

カレンには決闘の後、王太子（バカ）を慰める重大な役目がある。

その時に目にクマがあっては奴（やつ）もときめかないだろう。

ムカつく男だが、計画を成功させるために俺も努力は惜しまない。

こんな軌道修正くらいお手の物さ。


「……ねぇ、オウガ」

ギュッと手を握られる。

背中に顔を当てているせいで表情はうかがえないが、手に込められている力は強かった。

「……オウガはいつからこうしようと思っていたの？」

王太子改心計画のことか？

事の始まりはどこかと言われたら迷うが……。

「カレンと再会した時からかな」

「そんな前からなんだ……私と同じで嬉（うれ）しい」

やはりカレンも俺を当て馬にしてアルニアの改心を狙っていたのか。

でないと、俺に接触する意味なんてないもんな。

想像していた形とは違うだろうが、思い描いた結果を得られそうで喜んでいるのだろう。

「……昨日はすごく悩んだ。悩んで……私は選んだよ。全てをなげうってでもやるべきことをやろうと」

「そんなに覚悟を決めなくてもいいとは思うが……」

決闘の勝者としての権利を使えばアルニアに言うことを聞かせられるわけだし……。

「ううん。オウガに任せっぱなしはダメだから。一緒に歩まないと。学院長にも相談したの。喜んで力になってくれるって」

後進育成に力を入れている人だからな。

発言力もバカにできないし、カレンにとって心強い味方になるだろう。

「私も（オウガと一緒になれるように）頑張る。どれだけ辛いいばらの道になろうとも……もう逃げないって決めたから」

とりあえず、カレンもやる気満々みたいで安心した。

よかったな、アルニア。

負けた後もいろいろとサポートしてくれそうだぞ。

これで改心ルートも安泰。

後は俺が勝って、ハッピーエンドだ。

「いってらっしゃい」

「ああ、いってきます」

コツンと拳をぶつけて、互いの良き未来を祈る。

『それでは両者にご入場いただきましょう!! まずは魔法適性無しの身ながら、入学を果たした異端児! オウガ・ヴェレット!!』

まるで俺がコネで入ったみたいな言い様じゃないか。

だが、今はそれでも許そう。

すぐに認識を改めることになるだろうしな。

そして、アナウンスに呼び出された俺は日の光が差す戦場へと赴くのであった。

「……さて。オウガとの婚約を認めさせるためにもお父様を説得しに学院長室に行かないと」

——だから、背後のカレンのつぶやきは届かなかった。

熱狂に包まれた会場(アリーナ)。

本来ならばこんなにも観客が集まることもないが、今回は対戦カードが注目を浴びている人物同士。

魔法学院に入るだけの素質を持ち、将来の王位継承が約束されているアルニア王太子。

ヴェレット家の生まれながら『正義』を体現するかの如(ごと)き活動の噂(うわさ)が飛び交っているオウガ様。

儲け時と考えたのか、生徒間で大々的に賭けも行われていた。

貴族令息、令嬢がほとんどを占めるリッシュバーグ魔法学院だからこそだろう。

教師が止めないのを見ると恒例行事のようだ。

「見て見て、アリスさん！　ボク、オウガくんに持ち金を全部賭けてきた！」

リーチェ嬢が持つ札には平民にとって少なくない金額が記されていた。

言葉通り、生活費まで賭けたみたいだ。傍目にはギャンブラーに映るかもしれない。

だが、オウガ様とかかわりを持っていれば当然の行動。

私はそういう行為は好かないので手を出さないが、彼女にとっては大金を得る少ない機会。

わざわざ注意をして浮かれ気分に水を差すこともないだろう。

「よかったですね、リーチェ嬢」

「はい！　当たったお金でオウガくんと出かけるための服とか買うつもりなんです。ボク、あまりいい服を持っていないから……」

オウガ様に一言お願いすれば買ってもらえそうなものだが、決して頼らずに自分の力でどうにかしようとする。

このような健気さをオウガ様は気に入っておられるのだろう。

オウガ様は彼女を身内にできてよかった。王太子の取り巻きと比べれば質は雲泥の差だ。

「では、今度オウガ様を誘って街へ買いに行きましょう。せっかくの王都です。いい品ぞろえをしている店もたくさんありますから」

「ですね！　オウガくんの好みを聞き出してみせます！」

「ふふっ。いずれ私もマシロ様とお呼びする日が来るかもしれませんね」

「も、もう！　アリスさん！　からかわないでください！」

プンプンと怒るリーチェ嬢を微笑ましく思っていると、観客の熱気が一気に上がった。

オウガ様と王太子が入場してきたみたいだ。

王太子は態度からして随分と余裕があるらしい。

人を見る才がないのは明らかですね。やはりあの国王の血筋ということでしょう。

腐った者から生まれるのは腐った者だけ、か。

「これほど勝負の結果が分かり切っている賭けもありませんね」

見るまでもなく、オウガ様が勝利するでしょう。

あまりのあっけなさに会場も冷え込むかもしれませんね。

「オウガくんが勝つのは当然としてアリスさんはどんな勝負になると思っているんですか？」

椅子に腰かけている私と違って、身を乗り出すように会場を見つめているリーチェ嬢。

どんな魔法の駆け引きが行われるのかワクワクしているのかもしれないが、残念ながら想像している高度な戦いは演じられないだろう。

「……昨日、私が想定よりも王太子が弱すぎる事実を告げる前に察しておられました」

まさかオウガ様ほどの実力者が相手の力を見誤っているはずがない。

「リーチェ嬢は私がオウガ様にどのような指導をさせていただいているか知っていますよね？」

「えっと……魔法を使わずに魔法使いを倒すための……」

「そうです。それを考慮したうえでオウガ様は全力を出されるとおっしゃられた」

実際には叩き潰すでしたが、意味は変わらないだろう。

ここで実力を見せつければ、変に突っかかってくる輩も消える。

「それはつまり……」

「ええ。【魔術葬送】を使わずとも一瞬で決着がつくかと」

◇◇◇◇

「きゃぁぁぁ！　アルニア王太子～！」

「頑張って下さ～い！」

「そんなやつなんか倒しちゃって～!!」

アルニアへ向けられる黄色い声。

対峙する男は人のいい笑顔を浮かべて、手を振っていた。

彼女らはアルニアが勝負に勝った時の報酬にマシロとアリスを選んだと聞いたら、どんな顔をするのだろうか。

修羅場か？　いや、アルニアが色んな女子生徒をとっかえひっかえして遊んでいるのは周知の事実。

それでも醜い争いが起きないのはカレンという婚約者がいて、あくまで彼女たちは王家とのつながりを持ちたい思惑があるだけだから。

少しでもポイントを稼いでおきたいのが本音だろう。

とはいえ全員が全員、アルニアの味方ではなさそうだ。

「ボコボコにされろ！　オレの婚約者を奪ったクソ野郎め！」

「学院に来てから婚約破棄の連続だぞ！　今度はお前が同じ目に遭え！」

「ヴェレット～！　俺たちはお前に賭けたぞ！　敵を討ってくれ～！」

相当な恨みがこもった野太い声援がかけられる。

魔法学院では完全実力主義とはいえ堂々と王太子をお前呼ばわりするくらいだ。

彼らの内でくすぶっていた怒りはよほどだと思える。

そして、彼らの悔しさ、無念は理解できた。

「……お前、どれだけ手を出してきたんだ？」

「可愛（かわい）い女に囲まれて暮らす。こんなに楽しい人生はないだろ？」

それについては同意な。

俺もハーレムを築きたくて学院に来た節がある。

だが、すでに他者と婚約関係にある女性に手を出すのはご法度だ。

そんな強奪をする男は馬にでも蹴られてしまえ。

「カレンの気持ちを考えたことはないのか？」

「ないね。レベツェンカの名前がなければ、あんな魅力のない女とは関わらなかったと断言できる」

「………………」

「ははっ、そう怒るなって。でも、感謝もしているさ。俺の遊ぶ金をずっと調達してくれたんだから」

だから、とアルニアは続ける。

「これからも俺の婚約者でいてもらわないと困るんだよね」

「……お前、もう喋るな。黙っていろ」

「──っ!?」

今の俺には打算もなく人を助けに行く善性なんてない。

優しさを振りまいても返ってこないのを痛いほど理解しているし、偽善と罵りはしないが無駄な行為だとも思っている。

だが、それでも人間としての尊厳を捨てた覚えもない。

自分の友人がコケにされていれば怒るくらいの感性は残っている。

グツグツと腹の底で憤怒(ふんぬ)が煮え立つ。

……俺は必ずこの男を改心させなければならない。

そのためにも誰もがアルニアを見放すくらいの醜態を晒(さら)させる。

整った顔が潰れるくらい痛めつける。

女性をエスコートできないように骨を叩(たた)き折る。

アルニアに強者から弱者を守る実力が無いのを露見させる。

俺の名前はすでに泥にまみれているのだ。

今さら何を恐れようか。

「そ、そんなに凄(すご)んだって意味はないぞ！　俺とお前の間には生まれ持ったハンデがあるんだからな！」

強気な言葉の割に腰は引けて、ジリジリと後ずさっている。

男としてこんなにも滑稽な格好があるか？

それでも強気な発言を繰り返すのは自身の恐怖を誤魔化すためか。応援してくれる女を騙(だま)すためか。

「……せいぜい虚勢を張っていろ。俺に油断がない時点で、お前に勝機はない」

「その割には剣の一つも持っていないじゃないか。自ら勝ちの可能性を狭めるなんて傲慢にもほどがあると思わないか？」

「傲慢？　違うな。俺が武器を使わないのは憐れんでいるからだ」

キュッと白のフルフィンガーグローブをはめる。

手が奴の血で汚れるのは本意じゃない。

パチンと指を鳴らせば空から純白のローブが俺の頭上へと現れる。

舞い落ちる戦闘服を乱暴に摑んで、はためかせるように羽織ると魔法の力で固定された。

「向き合ってなお力の差を理解していない、お前の無知さをな」

「言わせておけば……！　語り合いはここまでだ！」

「いいのか？　自らの栄光の時間を縮めても」

「審判！　開始の合図を鳴らせ‼」

イラついたアルニアが促したことで、決闘開始を告げる鐘の音が鳴り響く。

それに続いて、観客席から飛び交う声が一層大きくなった。

「クハハ！　バカめ！　お前が勝つには初手しかなかった！　魔法が使えないお前はもう終わりだ！」

「御託はいいから見せてみろ。ご自慢の魔法を」

「演技力だけは一流だな、落ちこぼれ。ふん、いいだろう！　俺の操れる最強の魔法で終わらせてやるよ！」

「…………」

魔力がアルニアの手元に集まるのを感じる。

長い、長い詠唱が始まった。

ちなみに、すでにこの時点で三回は殺せる。

……本当にこいつは強いのか？

しかし、アリスが敵のレベルを見誤るとは思えない。

無防備を晒して詠唱状態に入るとか頭が空っぽなのだろうか。

互いに詠唱を必要とする魔法使い同士の戦いという枠組みにないとわかっているのに、悠長に詠唱を始めている事実。

テンプレートに沿った行動しかできない対応力のなさを露呈しているだけだぞ。

俺が勝利だけを求めていたらすでに結果が出ていただろう。

「…………」

「どうだ！　恐怖で言葉も出ないか⁉」

腕を組んで待機している俺は奴の頭上に浮かび上がった巨大な岩の塊を見る。

無から生まれた宙に浮かぶ、人を軽く押しつぶせるほどの体積を持った岩石。

鋭利な凹凸は無骨に命を刈り取る形をしていた。

確かに風貌だけならば威力も相当なものだと理解できる。

だが、それだけだ。

こんな緻密さもない魔法に怖さを感じるはずがない。

「安心しろよ……すぐそばには治癒役の光属性魔法のエキスパートたちが構えてる。死にはしないさ……普通ならな」

「なにが言いたい？」

「まだわからないのか？　買収してやったのさ！　全員が俺の手駒だ。奴らにはすでに言いつけてある。わざと回復を遅くしろとな！　言いたいことがわかるか、オウガ・ヴェレットォ……？」

チロリと舌なめずりをするアルニア。

両入り口で準備している救護係を見やれば、彼ら彼女らは気まずそうに目をそらした。

関係のない生徒まで巻き込んで……正真正銘のクズだな。

「お前はここで死ぬんだよ。不幸な事故の被害者としてなぁ……！」

「……ペラペラと全部喋ってよかったのか？」

「構わねぇよ。証人であるお前はここで消えるんだからさ。安心して逝け。お前の可愛い可愛い二人も、カレンも俺が大切に使ってやるからよ！」

すべての文句を言いきって満足したのだろう。

ようやく戦況が動き出す。

「爆(は)ぜろ！　潰せ！　大地に育つすべてを芥(あくた)に！　【巨石の長雨(アース・レイン)】」

アルニアが高々と掲げた腕を振り下ろせば、岩石にひびが入り、握り拳大のサイズになって雨のように降り注ぐ。

逃げようにも範囲が広く、周囲を取り囲んでいた。

その量はまさにフィールドを血だらけの処刑場と化けさせる可能性をはらんでいる。

確かに身に受ければひとたまりもないだろう。

当たれば……の話だが。

「なっ……!?」

俺は岩石が飛び交う地獄を逃げるのではなく、前へと進む。

優雅に散歩でもするような気持ちで。

「お前は己を限界まで追い込んだ経験はあるか、アルニア？」

魔法適性がないハンデを理解してから、俺はすぐに立ち直れたわけじゃない。

【魔術葬送(デリート)】だって簡単にできあがったものでもない。

お前が外で遊んでいる時間も、のんびりと寝ていた時間も、女を侍(はべ)らせていた時間も、すべてを鍛錬に注(つ)ぎ込んだからこそ今の俺がある。

「俺はずっと信念を持って、自らを磨き、【落ちこぼれ】として生きる道を切り拓いてきた」

軽やかな足取りのまま、アルニアとの距離を詰めていく。

「な、なぜだ……⁉　どうして当たらない⁉」

「理由は簡単だ。俺とお前には魔法適性の有無だけでは決して埋まらない実力差があるからだ」

そして、覆したのは俺のすべての努力の結晶。

俺は飛び散る岩々ではなく、魔力の動きだけを感知している。

対象を魔力に絞ることで脳の処理能力は格段に向上し、これくらいの動作はたやすくできる。

一見、高密度に思える【巨石の長雨】もタイミングを見計らえば、俺一人が通れる道筋はいくらでもあるわけだ。

時に首を傾けて避け。

「ふざけるなふざけるなふざけるな！　おかしいだろ！　どこでそんな⁉」

時に踏み出すテンポを変えて着弾を避ける。

「当たれ！　当たれよ‼　くそっ、くそっ！　イ、インチキだ！　だ、誰かが協力して……そうだ！　あいつは何か不正をしているんだ‼」

そうすれば、ほら——。

「——もう俺の必殺範囲だぞ、アルニア」

「ひぃっ⁉」

「随分と顔色が悪くなったじゃないか。でも、お前みたいに整った顔をしている奴にはそれくらい青白い方が似合っているよ」

「つ、土の精霊よ……！」

「この距離じゃ魔法は間に合わない」

グッと溜めを作るように引いた腕を撃ち放つ。

「ごっ……かはっ⁉」

居合のごとく振り抜かれた手刀がアルニアの喉に突き刺さる。

奴は衝撃を逃すこともできず、そのまま後ろへと転がりながら吹き飛んだ。

「さっきの言葉をそっくり返そうか。ずいぶんと演技派じゃないか。俺は本気で打ち込んでいないぞ」

アリスと本気で打ちあいをしているときの十分の一ほどの力しか込めていないというのに……。

アルニアの姿はまるで勝敗が決したかのようだ。

制服は砂埃にまみれ、顔面は大地とキスをして尻を突き出す形で倒れる。

勢いよく転がりすぎたせいでベルトが壊れたのか、半分ケツが露出していた。

何とも無様な光景だな。

観客席から憐れみを含んだようなクスクスとした笑い声が聞こえる。

めでたく世界で初めて半ケツを見られた王太子になったわけだが、当然こんなもので終わらせはしない。

「カレンが受けた辱めはこんなものじゃない」

こう告げることで、いかに自分の行いが酷かったかを体に覚えさせる。

痛みで理解して、ようやく彼女に対しての罪悪感を抱き始めるだろう。

俺が痛めつければ痛めつけるほど、その想いは大きく膨れ上がっていく。

トラウマとして気が狂ってしまうくらい、奴の内側に刻み付ける。

そして、アルニアの傲慢な心は壊れるだろう。

もう二度とこんな目に遭いたくないと懺悔するように。

これが俺の思い描いた【王太子のニューゲーム作戦】だ。

「まだまだお前を痛めつける。さぁ、立ち上がれ！ 勝負はこれからだぞ」

「…………」

「ふん、気絶したふりか。王族の血が流れる者が姑息な手を使う」

「…………」

「いいだろう。なら、お望み通り俺が立たせてやる」

煽っても反応が無いとは、よほど俺の油断を誘いたいらしい。

ここにきてようやく力の差を理解したか。

反抗する気力があるうちは負けた後に言い訳が出来なくなるまで叩く。

誘いに乗ってやった俺は奴の襟首をつかみ上げ――

「――えっ？」

アルニアは白目をむいて、泡を吹いていた。

……は？　嘘だろ？

だって、アリスが想定より強いって……えぇ？

驚きのあまり力が抜けた手から落ちて、あおむけに倒れるアルニア。

俺が持ち上げたことでついに緩んだズボンも完全に脱げてしまっていた。

小指サイズほどの可愛らしいアレが露見する。

【落ちこぼれ】に一撃で倒される半裸姿の王太子が公衆の面前に晒された。

『…………』

一瞬で空気が死んだ。快晴のもと、大人数が集まったとは思えない静寂が訪れる。

そんな中、俺の背中を冷や汗が伝う。

オイ、オイ、オイ……！

どうなっているんだ……なんで意識を失っている……？

俺はまだ作戦の一割も実行できていないんだぞ⁉

バキバキに心を折る前に倒れられたら計画が進まないじゃないか！

「ふざけるな！　俺の気持ちはこれくらいじゃおさまらないぞ！」

襟をつかんで揺さぶるも首と下のアレがフラフラと揺れるのみ。

意識が戻るわけでもなく、ガクリとノビている。

「くそっ！　こうなったら股間蹴って無理やり目を覚まさせてやる！」

「ストップ！　勝敗は決しています！　下がって！」

「なっ⁉　おい、放せ！」

腕を振り上げたところを数人がかりで羽交い締めにされ、アルニアから引き離される。

救護係の生徒が担架に奴を乗せて、医務室へ運ぶ準備を始めていた。

「うぉぉぉ……！　カレンは……カレンとの婚約は……！」

「えっ⁉　ひ、引きずられてる……⁉」

「こんなにもレベツェンカさんを想って……」

「怒りの馬鹿力か……！　おい！　何人かこっちに回れ！」

「アルニアァァァァ……！」

俺を制止する生徒を引きずりながら無理やりにでも足を進めるが、如何せん追いつけない。

気絶したアルニアを乗せた担架はどんどんと小さくなっていき、ついに会場の外へと消えた。

「くそっ！　くそぉぉおっ！」

その場に崩れ落ちた俺は悔しさを込めた拳で大地を殴りつける。

あんな一撃じゃアルニアはマグレとかぬかすに決まってる……！

当たり所が悪かったとか言って、いけしゃあしゃあとこれまでと変わらない態度を貫くだろう。

そうなってはカレンは間違いなくアルニアを選ばない。

決闘前の彼女の熱い決意も俺が奴を改心させると思ったからこそ。

それなのに……それなのにこれじゃあ……。

「……そんな落ち込むなって。お前はよくやったよ」

「あんたのこと、俺たち勘違いしてたよ」

「噂はやっぱり本当だったんだな。後は俺たちに任せな」

肩をポンと叩いて、なぜかアナウンス席に寄って何かを話し始める生徒たち。

さっきまで俺の邪魔をした奴らは今度はどんなことを企んでいるのか。

「今はそっとしてやってくれ」

『し、しかしですね。勝利者インタビューを……』

なに⁉　勝利者インタビュー⁉

そんなのに時間を取られたら修正が利かなくなる。

本格的に詰みになる前にカレンに事情を説明しないといけない。

俺が説得すれば婚約破棄だけはまだ待ってくれるかもしれない。

もちろん責任を持ってアルニアは俺が改心させる。

そのためにも今はカレンと落ち着いて話す時間が欲しかった。

また囲まれる前にこの場をお暇させてもらおう。

「俺はカレンのもとに行かせてもらう！　あいつと大切な話があるんだ！」

インタビューを放棄する理由を叫んで、俺はアリーナを後にする。

耳をつんざくほどの叫び声が聞こえてくるが、おそらくブーイングの嵐だろう。

そんなのは無視だ、無視。

「カレン！　どこにいるんだ!?」

「あっ、オウガ様、オウガくん！　こっちこっち！」

「オウガ様、お待ちしておりました。レベツェンカ嬢ならば学院長室へと移動しています」

「そうか！　礼を言うぞ、アリス！」

姿が見当たらない彼女をがむしゃらに捜していると、観客席から降りてきた二人がカレンの居場所を教えてくれる。

礼を告げて、俺はすぐさま学院長室へと駆けだす。

学院長は『決闘後の処理』、おそらくだがカレンの父親の説得について協力しているはず。

もしかすると、俺のいないところですでに話が進んでいるかもしれないのだ。

そんなの聞いていなかった。

彼女の性格からして俺のそばから離れず、現場で応援してくれていると踏んでいたのに……。

「ハァ……！　ハァ……！」

階段を駆け上って、学院長室の前にたどり着いた。

大きく肩で息をしていたが呼吸を整えることもせずに、突入しようと一歩踏み出したところでドアが反対側から開く。

「あっ、オウガ！」

満面の笑顔を咲かせたカレンは俺の顔を見るなり飛びついてくる。

倒れないように思わず支える形になると、舌打ちが飛んできた。

もちろんカレンのものではない。

音の発生源をたどれば、そこには青筋を浮かばせたカレンのクソ親父(おやじ)が立っていた。

そんなクソ親父(おやじ)を退(ど)かすように部屋から出てきたのはミルフォンティの師弟コンビ。

「あらあら、熱いわねぇ。やっぱり私の思った通りお似合いの二人だわ。ねぇ、レイナ？」

「はい、先生のおっしゃる通りかと」

ニコニコと人の好(よ)い笑みの学院長と相変わらず切って貼った表情のレイナ。

何とも凸凹な二人だが、今はそれどころではない。

「学院長？　話の流れがわからないんですが……」

「フフフッ。あなたの希望が叶(かな)ったのよ」

「俺の希望が？」

ということはカレンはアルニアとやり直す決意を――

「――あなたとレベツェンカさんの正式な婚約が認められたわ」

「やったぁ！　……え？」

あれ？　聞こえたのが俺の思っていた文言と違うんだが……いやいや、聞きまちがいか。

だって、あのクソ親父が魔法適性ゼロの俺との婚約を認めるわけが……。

「はい、これが書類ね。きちんと両家代表のサインもあるから」

「ちょっと貸してくれ!!」

慌てて奪い取ると、そこには俺とカレンの婚約についていくつかの契約事項が記されており、一番下にはカレンのクソ親父と我が父上の名前があった。

それぞれの家紋の印も押されてある。

驚くべきはそれだけじゃない。

証人としてなぜかアルニアの父親――つまり国王の署名と印璽も添えられていたのだ。

「……え、あっ……へ？」

つ、つまり、俺とカレンの婚約は国王公認で……。

……え？　こんなの絶対に破れないじゃん。

それにこれからは国王も認める公爵家同士の婚約者としての振る舞いも求められる。

なんで国王もあっさりと息子の婚約破棄を認めているんだ？

わからん……なにがどうなっているのか、さっぱりわからん……。

理解が追い付かなくて呆然と立ち尽くす俺をよそに、カレンはぎゅっと腰に回す腕の力を強める。

シルエットからは想像できないむにゅりとした柔らかさを胸に感じて、思わず彼女に視線がいってしまう。

「えっと……こんな私だけど……これから変わっていくから。いいお嫁さんになれるように頑張るから……よろしくね、オウガ」

再会してから。いや、彼女と出会ってからいちばん可愛いと思える彼女の微笑みを見た俺は。

「……ぁぁぁぁぁぁああ」

自由気ままなハーレム生活が遠のいたショックに、その場で倒れるのであった。

◆エピローグ◆

「──以上が今回の顚末よ」

「うむ。報告感謝するぞ、フローネ・ミルフォンティ」

リッシュバーグ魔法学院のさらに奥にそびえたつ王城。

数百年と続くロンディズム王国の繁栄と共に生きてきた国のシンボルはいつまでも変わらない美しさと威厳を兼ね備えている。

一国の長とその家族が暮らす豪華な建造物の一室。

誰にも悟られないように明かりもついていない、閉められた窓から射し込む月明かりが照らすのは王城と同じく年老いながらも貫禄を感じさせる男。

アンバルド・ロンディズム。

正真正銘、この国の頂点に立つ人物だ。

「しかし……そうかそうか。ゴードンのせがれは気絶するほど喜んでいたか」

「ええ。今ごろ看病されながら二人の時間を楽しんでいるんじゃないかしら」

今回のカレン・レベツェンカに関する一連の騒動はオウガ・ヴェレットと私、そしてアンバルド国王にとっても都合がよく、それぞれの思惑を進めるために協力ができる一件だった。

オウガ・ヴェレットは幼馴染のカレン・レベツェンカをバカ王太子から救うため。

私は二人を婚約させ、未来に優秀な遺伝子を残させるため。

そして、アンバルドは――腐ったこの国を立て直すため。

「でも、よかったの？　わかりきっていた結果だけど、これであなたの息子の評判は大きく落ち込むわよ？」

「後悔が無い……と言えばウソになるが、アレにはこういう経験が必要だった。婚約者を持てば変わると思ったが……気づいたときには遅かった。レベツェンカの娘にも可哀想な思いをさせてしまったな」

「だから、オウガ・ヴェレットとの婚約の仲介人になってあげたんでしょう？」

「あれで贖罪になればいいのだがな。今度こそ幸せになってほしいものだ」

「彼はあなたの息子と違って女癖も悪くないわ。安心しなさい」

「胸が痛むのう。もっと加減せんか」

アンバルドは悲痛な面持ちで遠くを眺める。

ケラケラと笑う声もどこか力ない。

「うちのバカはすり寄ってきた貴族にでも教えられたのだろうよ。もっとも私が国にかまけて放置した結果がこのざまだ。責任は私にある。どうなっても最後まで責任を持って面倒は見るつもりだ」

「……あなたも苦労するわね」

「それはお互い様だろう。お前もよく働いてくれている」

その言葉に私はニコリと微笑(ほほえ)んだ。

私は現場を離れてから常日頃から後進育成に精を出している。

彼はきっと国の未来を想(おも)っての行動だと考えているだろう。戦場も共にした経験だってある。

だから、こうして気軽に王城に私を招き入れている。

……まだ私の本当の狙いには気づいていないようね。

表情を観察するに、こちらへの疑いは一切見られない。

私は一度も国のために生きていると思ったことはない。全ては私のため。

私の時間は全て私のために使っている。

優秀な若き芽を育てているのだってそう……全ては彼ら彼女らの血を組み合わせ、優秀な祈りを生み出させ——

「いやはや、だがまさかフローネからもオウガ・ヴェレットの名前を聞くとは思っていなかった」

ふと沈みかけていた思考が引っ張り上げられる。

そうだ。私には聞かなければいけないことがあった。

「あなたは知っていたの？　彼の存在を」

「ああ。なにせゴードンが『私の息子は天才だ！　将来、国を背負う職に就く』と何度も自慢していたからな。あの悪人面から息子ののろけが出るんだから何度も笑わせてもらった」

「へぇ……魔法の適性がないのに天才だと。どうしてかしら？」

「詳しくは聞いていないがな。半信半疑だったが、最近の活躍を聞けば嘘だとは言い切れまい」

胸の内で舌打ちをする。

流石に外交で他国と舌戦を繰り広げているだけあって情報の大切さを知っていたか、ゴードンめ。

奴が悪徳領主と罵られるのもわざと腐り切った貴族グループに所属しているからだ。

実態はアンバルドの懐刀。情報を入手し、国王へと流している。

「貴族らしからぬ振る舞いを続けている。だが、私が望む貴族の尊き姿だ。だからこそ、彼女も彼の下に就いたのだろうな」

「彼女というと……やはりあの従者は」

「フローネならすでに気づいていると思うが、我が国の聖騎士団総隊長だった者だよ。彼女もまた優秀な人材だった……いかんせん正義心が強すぎたがね」

辣腕を振るう元王国聖騎士団総隊長のクリス・ラグニカを思い出したのか、彼は苦笑して手元のワインを一口含んだ。

「恐れを知らない彼女は貴族の闇の部分に切り込もうとした。だが、平民出身の彼女には後ろ盾がない。いくら強いとはいえ単身では限界がある」

「だから、絶体絶命に追い込まれる前に追放したの？」

「本当は助けてやりたかったがね。まだ私の計画に気づかれるわけにはいかなかった。当時は追放して、身を守ってやることしかできなかったのさ」

彼はわざと愚王を演じている。

繁栄と共に私腹を肥やしている貴族を、腐り切った貴族精神を成敗するために。

彼は小さなころから愛しているのだ、この国を。

人生をなげうってでも立て直そうと覚悟を決めるくらいには。

「……でも、こうしてまた舞い戻ってきた」

「因果とは巡る物だな。それも自身と同じ志を持つ主人を見つけてだ。昔以上に今の彼女は充実しているだろう」

「ええ、とても生き生きしているわ。国に仕えるよりも幸せそうよ」

「何とも恥ずかしい話だな」

そう言う割にはずいぶんと嬉しそうだけれど……いえ、喜んでいるのでしょうね。

彼にとって確かに良い未来へと向かっているのを肌で感じているから。

「だが、フローネもよくレベツェンカに婚約破棄の条件を呑ませたな。どんな方法を使ったんだ」

「簡単よ。オウガ・ヴェレットが負けたら、レイナをあげると言ったの」

そう言うとアンバルドは一瞬だけキョトンとしてからこらえきれないと言った感じで大笑いした。

「ハハハッ！　ずいぶんと思い切った賭けに出たな！」

「賭けでも何でもないわ、あんなの。オウガ・ヴェレットが勝つと誰だってわかる」

本当は奴の【マジック・キャンセル】も見たかったのだけど。

まさかそれすら引き出せないくらいアンバルドの息子が弱いとは思わなかった。

……いや、オウガ・ヴェレットが強すぎたのか。

どちらにせよ奴の実力を知っているならば、どちらにベットするかなんて悩む必要すらなかった。

「レベツェンカはずっと優秀な男の跡継ぎを欲しがっていたからな。何度も結婚と離婚を繰り返している。そんなところに弟子を差し出そうとするとは……お前でなければできない芸当だろう」

結果をわかっていたとしてもな、と彼は続ける。

「今回の一件でレベツェンカ家との縁も切れた。ゴードンの息子には感謝しないとな」

これでレベツェンカは一気に動きにくくなるだろう。

元々、娘が国王の婚約者だったから好き放題やれていた風潮はあったから。

アンバルドにとってもいい方向に話は落ち着いた。

「カレン・レベツェンカも彼に似た善性の持ち主だし、近い将来、一気に情勢は変わるわね」

「ああ。あの二人によって国は清き姿に正されていくだろう。もし、すべての膿(うみ)を吐き出させることに成功したならば——私はオウガ・ヴェレットに国王の座を譲ってもいいと考えている」

ただの気紛(きまぐ)れから出た言葉じゃない。

期待がこもった声音がしんと静かな部屋に響く。

「……私のほかに誰も聞いていないとはいえ、ずいぶんと踏み込んだ発言ね」

「ただの一つの可能性だとも。有りえないと我ながら頭を振って忘れる程度の思いつきだ。だが、私は夢を見ているのだ、彼なら至れるかもしれぬとな」

「この国を救済する聖なる心の持ち主——【聖者】に」

「ックシュン！　……誰か俺の噂でもしているのか？」

カレンとの婚約締結を知った俺は無様にもその場で気絶してしまった。

まさかこんな形でハーレム計画を阻止されるとは思っていなかったのだ。

これもすべてあのバカ王太子が弱すぎたのが悪い。

よくあの程度の実力で大口をたたけたな。魔法の実力だけで決まると思ったら大間違いだ。

だいたい見通しが甘すぎる——

「——はい、オウガくん。怖い顔になってるよ、あ～ん」

「んぐっ」

口に突っ込まれる木のスプーン。

きちんと冷まされたおかゆが載っており、胃に優しい味が喉を通った。

「どう？　ボクが作ったんだけど……おいしい？」

「……美味い」

「そっか。よかった」

「じゃあ、次は私の番だね。ふぅ、ふぅ……ほら、口を開けて？」

カレンに言われたとおりに口を開くと、今度はさっきよりも酸味が効いていた。

だが、決して酸っぱいわけではなく先ほどのマシロの後だとより美味しく感じられる。

ここは寮の自室。意識を取り戻した俺はベッドの上でマシロとカレン、アリスから手厚い奉仕を受けていた。

服を着替えさせてくれたのはアリスらしい。

確かに彼女は三人の中で最も俺の裸を見慣れているから。

「オウガ様。お食事が終わりましたら体を拭きますので食べ終わりましたらお声がけください」

「ああ。とはいっても。すぐに完食だがな」

代わる代わるあ〜んされて順調に減ったおかゆは二人の持つ木皿にもう残っていない。

「さすが男の子。食べる量が違うなぁ」

「二人が味付けに工夫してくれたからさ。ごちそうさま。本当に美味しかった」

少ししんどい量だったが、二人がせっかく作ってくれたのだ。

食べきらなければ無作法というもの。

それに口にした感想に嘘偽りは一切ない。

「ふふ〜ん。きっと最後に入れた特別なスパイスがよかったんですねっ」

「そうだね。ちゃんとオウガに伝わってくれていたらいいな……」

「ほう。一体どんな隠し味を入れたんだ？」

「な、内緒！」

「それを聞くのは野暮だよ、オウガくん」

どうやら教えてくれるつもりはないらしい。

仕方ない。今度、各地からスパイスを取り寄せて自分で作ってみるか……。

そんなことを考えていると、水が入った桶と濡らしたタオルを持ったアリスがこちらに寄ってくる。

「では、お二方は一度外へ。体拭きが終わり次第、お呼びいたしますので」

「あっ、アリスさん。ボクたちに任せてくれませんか。ね、レベツェンカさん？」

「えっ⁉　う、うん……だ、大丈夫。男性の裸は見慣れている。恥ずかしがらないように教育を受けてきたじゃないか。オ、オウガの裸……ま、任せてくれないかな⁉」

「……申し訳ございませんが、この作業は私がいたしますね」

「「えぇーっ⁉」」

アリスの判断は正解だと思う。だって、明らかに二人の表情がおかしい。

マシロはニヤニヤといたずらを思いついたような笑みで、カレンは髪色に負けないくらい顔が真っ赤に染まっている。

それぞれが何を考えているのか、想像するのは容易かった。

「オウガくんもボクがいいよね⁉」

「わ、私だと嬉しいよね、オウガ！」

そう言って、取り合うように両腕に抱き着く二人。俺から意見を聞くまでは離さないと言わんばかりに密着しているせいで整った二人の顔が近い。

刹那、鼻腔をくすぐる甘い香り。

何よりも押しつけられた柔らかなおっぱいが過去一番ダイレクトに感じられた。

緩みそうになる頬を保つのに必死で、されるがまま右へ左へと引っ張られる。

「オウガくん、ボ、ク！　だよね？」

「わ、私なら男性のことよくわかっているし、きちんと拭けるよ？」

「お二人とも、オウガ様は目を覚ましたばかりですから体の負担になる行為はお控えください」

ついには後ろから引き剝がそうとアリスまで加わる始末。

……ああ、これが俺の求めていた理想郷か。

ハーレム生活が頓挫してしまった時はショックだったが、よく考え直せば今だってこんなにも幸せを感じているのだ。

終わったことをいつまで憂いても仕方ない。

マシロも、カレンも、アリスも……前世では考えられないくらいの美少女が俺の心配をしてくれている。

それだけでも前世とは違う。

したいと思ったことを叶える俺の目指す生活を体現できている。

もう二度とこんな事態に巻き込まれることもないだろうからな！

あと一ヶ月も学院に通えば長期休暇がやってくる。

海にも行きたい。水着が見たい。他国へ旅行もしたい。私服が見たい。同じベッドで過ごしたい。両親にも紹介したい――ああ、考えれば考えるほどやりたいことはどんどん出てくる。

そして、それは俺一人だけではなく、ここにいる全員とだ。

「ふっ……焦らずとも大丈夫か」

俺のやりたい放題する第二の人生はまだ始まったばかりなのだから。

終

あとがき

おはこんにちこんばんおっぱい!!（気さくな挨拶）

他作品で知っていただいている方はお久しぶりです。初めての方ははじめまして、木の芽と申します。

普段は「カクヨム」というWeb小説サイトで活動しており、今回はご縁がありまして電撃文庫様より本を出させて頂く運びとなりました。

ライトノベルを書き始めたのが十数年前、中学一年の頃でした。思い返せば、その時からいちばんの夢は電撃文庫様から本を出すことでした。

初めて完結させた小説のノートの表紙には「電撃小説大賞！」と書いていましたし、まさか本当に夢が叶うとは思いもしませんでした。

願わくは一冊だけではなく、これから何冊も続く夢だとありがたいですね（笑）。

さて、あとがきマニアの方以外は表紙から順番に読んでくださり、最後にこちらを見てくださっていると思うのですが……本作はいかがでしたか。

俗に言う「勘違いもの」はよく書くのですが、今回は「悪役転生」という初めて書くジャンルだったので、悩みながら一語一語を積み重ねたのを鮮明に覚えています。

その中で大切にしたのは主人公「オウガ・ヴェレット」の「外面の良さ」と「内面のアホさ」のギャップでしょうか。

作中の他キャラ視点と読者視点のギャップが本作の魅力の大本だと考えているので、この点は気をつけて物語を作りました。

そんな彼とは別に物語を彩るヒロインたちには性癖をたくさん詰め込みました。自分の書きたい子でないと可愛いヒロインは生み出せないと思ったからです。

戦うメイドさん（巨乳）って格好いいし、素敵！→アリス。

ほわほわな雰囲気の、隣にいるだけで癒やしを与えてくれるマイナスイオンが出ている系女の子（巨乳）→マシロ。

実は巨乳だけど隠している男装系女子（巨乳）→カレン。

見事に私の大好きな属性の子たちばかりです。これだけいれば、きっと読者のみなさまにも突き刺さる子がいるんじゃないかと信じています。

ちなみに、今のところ私がいちばん気に入っているのはアリスです。へりがる先生のキャラクターデザインを受け取ったとき衝撃が走りました。

「理想のメイドさんが目の前にいる……!!」と本当に感動しました。

もちろんアリスだけでなく、マシロ、カレン、レイナなどなど。みんな素敵なデザインでした。

まだまだこれからも性癖ピンポイント刺しのヒロインをたくさん生み出していければと思いますので、ぜひご期待ください。

本当はヒロインごとに魅力を語りたいのですが、それをしてしまうとページが足りなくなってしまうので、謝辞に移りたいと思います。

担当のT様。いつもありがとうございます。

設定など甘々なところが多々ありましたが、ご助力いただけたおかげで作品にメリハリがつきました。

Web版よりもさらに魅力的な作品に仕上がったと思っております。

イラスト担当のへりがる様。

素敵なイラスト、デザインを生み出してくださってありがとうございます。先生のおかげで登場人物たちに命が吹き込まれました。

さらには校正者様、デザイナー様、印刷会社様。様々な方々に支えて頂いて、感謝に堪えません。

そして、読者のみなさま。みなさまの応援のおかげで書籍という形で世に出すことができました。私もよりよい作品を作れるように日々努力いたしますので、これからも応援と共にお付き合いして頂ければ幸いです。

またみなさまとお会いできる事を心より楽しみにしております。
それでは、これにて締めさせて頂ければ。

木の芽（きのめ）

◉木の芽著作リスト

「悪役御曹司の勘違い聖者生活 ～二度目の人生はやりたい放題したいだけなのに～」（電撃文庫）

本書に対するご意見、ご感想をお寄せください。

ファンレターあて先
〒102-8177　東京都千代田区富士見2-13-3
電撃文庫編集部
「木の芽先生」係
「へりがる先生」係

本書は、カクヨムに掲載された『悪徳領主の息子になったので楽して異世界生活楽しみます～なのに『聖者』様だと崇めるのはやめてくれ！～』を加筆、訂正したものです。

電撃文庫

悪役御曹司の勘違い聖者生活
～二度目の人生はやりたい放題したいだけなのに～

木の芽

2023年4月10日　初版発行

発行者　山下直久
発行　株式会社KADOKAWA
〒102-8177　東京都千代田区富士見2-13-3
0570-002-301（ナビダイヤル）
装丁者　荻窪裕司（META＋MANIERA）
印刷　株式会社暁印刷
製本　株式会社暁印刷

●お問い合わせ
https://www.kadokawa.co.jp/（「お問い合わせ」へお進みください）
※内容によっては、お答えできない場合があります。
※サポートは日本国内のみとさせていただきます。
※ Japanese text only

※定価はカバーに表示してあります。

ISBN978-4-04-914988-3　C0193　Printed in Japan

電撃文庫　https://dengekibunko.jp/

電撃文庫創刊に際して

文庫は、我が国にとどまらず、世界の書籍の流れのなかで〝小さな巨人〟としての地位を築いてきた。古今東西の名著を、廉価で手に入りやすい形で提供してきたからこそ、人は文庫を自分の師として、また青春の想い出として、語りついできたのである。

その源を、文化的にはドイツのレクラム文庫に求めるにせよ、規模の上でイギリスのペンギンブックスに求めるにせよ、いま文庫は知識人の層の多様化に従って、ますますその意義を大きくしていると言ってよい。

文庫出版の意味するものは、激動の現代のみならず将来にわたって、大きくなることはあっても、小さくなることはないだろう。

「電撃文庫」は、そのように多様化した対象に応え、歴史に耐えうる作品を収録するのはもちろん、新しい世紀を迎えるにあたって、既成の枠をこえる新鮮で強烈なアイ・オープナーたりたい。

その特異さ故に、この存在は、かつて文庫がはじめて出版世界に登場したときと、同じ戸惑いを読書人に与えるかもしれない。

しかし、〈Changing Times,Changing Publishing〉時代は変わって、出版も変わる。時を重ねるなかで、精神の糧として、心の一隅を占めるものとして、次なる文化の担い手の若者たちに確かな評価を得られると信じて、ここに「電撃文庫」を出版する。

1993年6月10日
角川歴彦

電撃文庫DIGEST　4月の新刊

発売日2023年4月7日

86―エイティシックス― Alter.1 ―死神ときどき青春―

著／安里アサト　イラスト／しらび
メカニックデザイン／I-IV

たとえ戦場であろうとも、彼らの青春は確かにそこに在った――。店舗特典SSやフェア限定SS、さらには未発表短編、安里アサト書き下ろし短編を多数収録した珠玉の１冊！　鮮烈なる青春の残り香を追う！

姫騎士様のヒモ4

著／白金 透　イラスト／マシマサキ

迷宮都市へと帰還したマシューを待ち受けていたのは、想像とは正反対の建国祭に浮かれる住人たちの姿。スタンピードは、太陽神教は、疑問を打ち消すような喧騒のなか、密かにヤツらは街の暗部を色濃く染めていき――

三角の距離は限りないゼロ9 After Story

著／岬 鷺宮　イラスト／Hiten

奇妙な三角関係が終わってしばらく。待っていたのは、当たり前の、だけど何より願っていた日常だった。恋人どうしの何気ないやり取り、それぞれの進路、そして卒業――。二人の“今”を綴るアフターストーリー。

ウィザーズ・ブレインIX 破滅の星〈中〉

著／三枝零一　イラスト／純 珪一

世界の運命を決する大気制御衛星は魔法士サクラの手に落ちた。人類を滅ぼそうとする賢人会議に対し、シティ連合も必死の反攻を試みる。激突する両者に翻弄される天樹錬や仲間たちに、決断の時は刻々と迫っていた。

新作　30ページでループする。そして君を死の運命から救う。

著／秋傘水稀　イラスト／日向あずり

ペンギンの着ぐるみをまとった謎の少女との出会いは、悲劇を止める熾烈な“シナリオバトル”の始まりだった。夏祭り会場で発生した銃撃事件。とある少女の死をきっかけに、俺は再びその日の朝に目覚め――。

新作　天才少女、桜小路シエルは異世界が描けない

著／春日みかげ　イラスト／Rosuuri

自称天才マンガ家のシエルは、異世界ファンタジーの執筆に難航していた。「描けないなら実際に来ればよかったのだ！」　マンガを描くため、いざ異世界へ！　けれど取材は一筋縄ではいかないようで……？

新作　未練タラタラの元カノが集まったら

著／戸塚 陸　イラスト／ねいび

一度終わった関係が再び動き出す高校二年の春。どうやら元カノ三人が集まって何かを企んでいるようで……!?

新作　悪役御曹司の勘違い聖者生活 ～二度目の人生はやりたい放題したいだけなのに～

著／木の芽　イラスト／へりがる

悪役領主の息子に転生したオウガは人がいいせいで前世で損した分、やりたい放題の悪役御曹司ライフを満喫することに決める。しかし、彼の傍若無人な振る舞いが周りから勝手に勘違いされ続け、人望を集めてしまい？

姫騎士アルウィンに養われ、人々から最低のヒモ野郎と罵られる

元冒険者マシューだが、彼の本当の姿を知る者は少ない。

「お前は俺のお姫様の害になる——だから殺す」

エンタメノベルの新境地をこじ開ける、衝撃の異世界ノワール！

学生統括ゴッドフレイ。
煉獄と呼ばれる男。

その若かりし日の、
苛烈なる青春の軌跡。

宇野朴人
illustration ミユキルリア

七つの魔剣が支配する Side of Fire ─煉獄の記─

オリバーたちが入学する五年前――
実家で落ちこぼれと蔑まれた少年ゴッドフレイは、
ダメ元で受験した名門魔法学校に思いがけず合格する。
訳も分からぬまま、彼は「魔法使いの地獄」キンバリーへと
足を踏み入れる――。

電撃文庫

仁木克人
ill.堀部健和
魔王城、空き部屋あります！
Demon King's Castle For Lease!
魔王城を、魔王自らマンション経営!?
豊洲ではじまる不動産コメディ!!
あいあむ勇者
電撃文庫

MONSTER HOLIC
怪物中毒
PICK UP!
超人気作家
三河ごーすと
が贈る原点回帰にして
最新の
ダークファンタジー!
AUTHOR
三河ごーすと
ILLUST
美和野らぐ
怪物以上人間未満の
少年少女たちが
《官製スラム》の夜を駆ける——!
MONSTER HOLIC
Introduction: Infinite resul
1st chapter: Hit-and-run
電撃文庫

レプリカだって、恋をする。
Even a replica falls in love
榛名丼
［イラスト］
raemz
16歳、夏。はじめての、青春。
愛川素直という少女の
身代わりとして働く
分身体、それが私。
本体のために生きるのが
使命……なのに、
恋をしてしまったんだ。
海沿いの街で
巻き起こる
ちょっぴり不思議な
青春ラブストーリー。
応募総数
4,128作品の
頂点
第29回
電撃小説大賞
大賞
受賞作
電撃文庫